아케디 후에

애제의 후예 **12**

글쓰는기계 장편소설

초판 1쇄 찍은 날 | 2018년 2월 23일
초판 1쇄 펴낸 날 | 2018년 3월 2일

지은이 | 글쓰는기계
펴낸이 | 예경원

기획 | 위시북스
편집책임 | 이규재
편집 | 이즈플러스

펴낸곳 | 예원북스
등록번호 | 제396-2012-000132호
등록일자 | 2012. 7. 25
KFN | 제1-224호

주소 | 경기도 고양시 일산동구 호수로 646-24 위너스21 II 빌딩 206A호 (우)10401
전화 | 031-819-9431 팩스 | 031-817-9432
E-mail | yewonbooks@naver.com

ISBN 979-11-6098-824-6 04810
      979-11-6098-087-5 (set)

WISHBOOKS MODERN FANTASY STORY

글쓰는기계 장편소설

완결

12

예언의 후예

Wish
Books

CONTENTS

75장 투명 슬라임(2)   7

76장 카메론의 바다(1)   71

77장 카메론의 바다(2)   111

78장 카메론의 바다(3)   151

79장 드래곤   191

80장 에필로그   255

외전   283

75장
투명 슬라임(2)

"차원문은 아시다시피……."

"아시다시피는 무슨. 모르니까 그냥 설명해."

"예, 전하. 강한 마력으로 공간이 일그러지는 현상입니다. 저희 시대에도 가끔 보이는 현상이었죠."

"잠깐. 내가 이 비석을 줬을 때 이런 건 처음 본다고 하지 않았었나?"

"그야 이런 식의 발상을 한 사람이 아무도 없었으니까요. 전하, 저희 시대 때 차원문은 일종의 자연현상이었습니다. 이렇게 인공적으로 고정하려는 시도는 없었죠. 인간들이 차원문이라고 부르는 이 현상은 강한 마력으로 공간이 일그러진, 일종의 통로입니다. 전하께서 주신 이 비석은 뛰어난 마법사가 그 일그러짐을 이용해서 통로를 만든 겁니다."

"어느 정도로 대단한 거지? 이게 차원문과 똑같은 원리라면……."

"아, 다루는 게 어려울 뿐 전하께서도 충분히 하실 수 있으실 겁니다."

"내가?"

"예, 이건 완력으로 양피지를 찢는 것과 비슷합니다. 전하의 힘을 집중시켜 공간을 뒤트는 거죠. 이것 자체는 마법사 정도의 힘만 되면 충분히 할 수 있습니다. 어려운 건 이걸 정교하게 다뤄서 원하는 곳으로 가는 겁니다. 그건 이제 기술과 경험의 영역입니다. 공간 좌표를 하나하나씩 찾아 엮는 건 보통 노동이 아닙니다. 어지간한 마법사도 하기 힘든 짓이죠."

"난 아직도 모르겠는데. 차원문을 만든다는 게…… 그게 가능한 일이라고?"

"언제나, 누군가가 가장 먼저 시도하기 전에는 그 영역은 미답지일 뿐이지요. 전하, 혹시 전력을 다해서 한 점에 힘을 집중해 보신 적이 있으십니까?"

"아니, 그럴 일은 없었지."

"해보시면 아시게 될 겁니다. 생각보다 별거 아니고 쉬운 일이라는 걸 말입니다."

"……."

수현은 반신반의하는 마음으로 힘을 집중했다. 손바닥 위의 공간에 마력을 폭발적으로 집중시킨다. 이제까지는 할 이유도 없었고 그럴 필요도 없었던 일이었다.

그러자 과부하가 걸린 공간이 뒤틀리는 느낌이 들었다. 마치 차원문과 비슷한 색이었다. 작고 점에 가까웠지만 분명 차원문에 가까웠다.

"……!"

"순간이동과는 전혀 다른 식의 연결입니다, 전하. 느끼셨습니까?"

"그래, 느꼈어."

수현은 갑자기 머릿속이 복잡해졌다. 그렇다면 지구에 나타난 차원문도 일종의 현상 같은 거라고 볼 수 있었다. 과도한 마력이 한 곳에 집중되면 그 여파로 공간이 찢어지고 어딘가로 이어지는 것이다.

"그러면 여기 안으로 들어가면 되는 것 아닌가? 복잡한 기술이 필요한가?"

"그야…… 이 차원문 안으로 그냥 들어갔다가는 어떻게 될지 모르니까요. 말했듯이 힘과 기술로 통로를 안정시켜야 합니다. 저희 시대에는 이런 걸 하려는 사람이 아무도 없었습니다. 누가, 뭐 하러 이런 걸 하겠습니까? 시간과 노력은 많이 들지만 나오는 건 없는 일인데 말입니다."

불안정한 차원문 안은 힘의 폭풍이나 다름없었다. 거기로 들어갔다가는 안전을 보장할 수 없었다.

"그러면 만약, 이런 걸 다룰 줄 아는 몬스터가 있다면……."

"몬스터의 지능으로는 안정적인 차원문을 만들 수 없습니다. 그건 확실합니다."

호우얀은 단호하게 말했다.

"내가 본 몬스터는 차원문을 만들어서 거기로 사라졌는데?"

"멍청한 놈이군요."

"……?"

"제가 말했잖습니까, 전하. 불안정한 차원문으로 들어갔다가는 어디로 나올지도 모르고 그 안에서 멀쩡할 수가 없다고요. 강력한 힘이 통제되지 않고 날뛰는데 피와 살을 가진 몸은 견딜 수가 없습니다. 아무리 전하라도 견디기 힘들 겁니다. 아마 몬스터니 일단 도망치겠다는 생각으로 한 것 아니겠습니까?"

"상대가 피와 살이 아니라 계속 재생하는 슬라임 같은 놈이라면?"

"예? 슬라임이 차원문을 만들었단 말입니까?!"

호우얀도 이 말에는 놀란 것 같았다.

"전하, 지나친 술은 건강에 도움이……."

"진짜거든? 나도 슬라임이 뭔지는 알아. 그래서 더 황당해."

수현은 그가 겪었던 일들을 말했다. 호우얀은 심각해진 얼굴로 경청했다. 수현의 공격을 견딜 정도의 놈이라면 절대로 보통 놈이 아니었다. 말을 다 들은 호우얀은 천천히 입을 열었다.

"전하…… 그 슬라임은 혹시, 다른 곳에서 온 놈 아닐까요?"

"다른 곳?"

"전하와 같은 인간들도 다른 곳에서 온 걸로 압니다만."

지구에서 차원문을 통해 카메론으로 온 셈이었다. 수현은 고개를 끄덕였다.

"그 슬라임이 어떤 식으로든 차원에 균열을 내서 움직일 수 있다면 다른 곳에서 왔을 수도 있습니다."

"지구에는 저런 놈이 없는데."

"이 세계에 저희만 있는 게 아니잖습니까, 전하. 다른 세계도 분명 있을 겁니다."

호우얀에게는 행성이라는 개념이 없었다. 그들은 이 행성을 하나의 세계로 생각했다.

'다른 행성에서?'

"그런데 전하, 그놈이 도망갔다고 하셨습니까?"

"계속 공격을 받더니 도망갔어. 원래 세계로 도망간 건가?"

"글쎄요, 저는 아닐 거라고 봅니다만."

"어째서지?"

"말했듯이 몬스터의 지능으로 차원문을 통제해서 유지하는 건 불가능에 가깝습니다. 놈이 힘으로 균열을 낸 것에 가깝다고 보는데, 그렇다면 도망칠 때도 어딘가 목표를 잡고 도망치지는 않았겠지요."

"……!"

수현은 순간 오싹해졌다.

"지구는 아니었으면 좋겠는데."

"세계는 넓으니 다른 곳으로 갔을 가능성이 높습니다, 전하."

"그나마 위안이 되는군."

확실히 호우얀의 말은 그럴듯했다. 이 행성이 얼마나 넓은데, 게다가 또 다른 행성들도 있는데. 아마 그 슬라임은 다시 눈앞에 나타나지 않을 가능성이 높았다.

그러나 수현은 돌아오자마자 그 슬라임이 어디로 갔는지 알게 되었다. 우샹카이에게서 연락이 온 것이다.

'차원문에 대해서 알게 된 걸 실험 좀 해보려고 했는데…….'

이번에 알게 된 걸 최지은과 이야기한 다음, 수현도 직접 러벤펠트처럼 차원문을 만드는 걸 실험해 볼 생각이었다. 할 수 있다는 걸 안 이상 가만히 있을 이유가 없었다. 게다가 수현은 러벤펠트보다 여러모로 유리했다. 그러나 우샹카이에게서 온 연락이 모든 계획을 틀어놓았다.

─제발 도와줘라! 내 체면 좀 봐줘! 제발!

언제나 툴툴대는 우샹카이가 저렇게 빌빌대는 것도 드물었다. 수현은 이해가 가지 않아서 물었다.

"무슨 일인데?"

─무슨 일이냐니. 정말 몰라서 묻는 거냐? 너는 뉴스도 안 보냐?

"???"

─지금 당장 뉴스를 켜봐!

"우샹카이, 도와달라고 하는 놈이 왜 태도가 그 모양이지?"

─뉴, 뉴스를 켜주십시오?

"그냥 요약해서 말해, 이 자식아."

그렇게 말하면서도 수현은 뉴스를 확인했다. 그리고 상황을 바로 이해했다.

카메론 차원문 근처에서 갑자기 나타난 정체불명의 몬스터가 인근 중국군 부대를 박살 내버리고 카메론 중국 도시를 향해 움직이고 있다는 급보였다. 지금 차례대로 방어선을 구축해서 공격하고 있었지만 놈은 아랑곳하지 않고 움직이고 있었다.

─이게 말이나 되는 소리냐? 차원문 주변에서 대체 어떻게 저런 몬스터가 나타난 거지? 그 주변은 개미 새끼 한 마리 들어오기 힘든 곳이잖나!

지구와 바로 연결되는 차원문은 카메론에서 가장 엄중한 경비가 있는 곳이었다. 각국의 군대부터 시작해서 상시 대응 가능한 초능력자 부대까지.

오히려 그래서 이번 상황에 허를 찔린 걸지도 모르겠다. 그 누가 한복판에 나타나는 몬스터를 예상했겠는가. 게다가 겉모습까지…….

"우샹카이, 뉴스에는 안 나왔는데. 혹시 그 몬스터가 어지간한 공격은 전부 흡수해 버리고 무한히 회복하는 재생력을 가지고 있나?"

─!!!!

우샹카이는 기절할 듯이 놀랐다.

아직 말하지도 않았는데?

"그리고 혹시 슬라임처럼 생겼나?"

─어…….

"???"

수현은 고개를 갸웃거렸다. 잘못 짚었나?

─슬라임처럼 생기기는 했는데, 훨씬 크다.

"훨씬 크다고?"

-그래, 지금 자료를 보내줄 테니까…… 제발 나 좀 도와 줘라! 내가 이 자리를 어떻게 잡은 건지 알지 않나!

"내가 다 떠먹여 주지 않았나? 누가 들으면 네가 뭐라도 한 줄 알겠군."

-그, 그렇긴 한데…… 어쨌든 지금 비상이 걸렸다. 이 문제를 어떻게든 처리해야 해!

수현은 혀를 찼다. 원래라면 저런 몬스터가 다른 나라 쪽으로 갔을 경우 '와, 우리 쪽으로 안 오다니!' 하며 기뻐했을 것이다. 그러나 지금은 상황이 달랐다. 우샹카이는 치열한 레이스 끝에 간신히 중앙개척부장 자리에 오른 상황. 여기서 저런 대참사가 일어났는데 아무것도 하지 못한다면 다시 자리가 흔들릴 수 있었다. 저 얼간이를 밀어주느라 그 고생을 했는데 날릴 수는 없었다.

'하필 왜 나와도 그 차원문 주변에…….'

"좋아. 지금 간다. 최대한 잘 써먹으라고."

-어? 뭘?

"……이런 띨띨한 XX가 진짜……. 다른 국가, 그것도 한국에서 마법사를 빌려온다는 의미가 뭔지 모르나? 최대한 포장을 하라고!"

-아, 아아! 알겠다!

우샹카이는 화색이 되어 고개를 끄덕였다.

"진짜 왔잖아?"

"김수현이다……!"

"대체 무슨 수를 쓴 거야?"

현장에서 뛰는, 중국의 초능력자들은 경악한 표정으로 수군거렸다.

우샹카이가 새로 중앙개척부장 자리에 올랐지만 바로 모든 사람한테 인정받을 수 있는 건 아니었다. 리허쥔이나 저우량위 파벌 밑의 사람들도 있었고, 거기에 끼지 않더라도 우샹카이 쪽 파벌과는 상관이 없는 사람들도 있었다.

그들은 아니꼽다는 눈빛으로 쳐다보거나 과연 잘할 것인가 하는 의심스러운 눈빛으로 쳐다보았다. 그런 의심을 뚫고 새로 자리를 잡아야 하는 게 우샹카이의 역할이었다. 사실 아는 사람들은 다 알았다. 우샹카이가 수현과 거래를 해서 이 자리에 올랐다는 것을. 그래서 더 잘해야 했다.

그러나 의외로 그런 검증의 자리는 쉽게 오지 않았다. 애초에 그런 검증 기회도 우샹카이가 일을 벌여야 나오지, 우샹카이가 안전하게 수그리고만 있으면 문제 자체가 생기지 않는 것이다.

그런 상황에서 갑자기 차원문 쪽에 나타난 슬라임은 생각지도 못한 위기이자 기회였다. 주둔 군부대는 장비를 버리고 거의 맨몸으로 도망쳤고, 초능력자 부대는 더 상황이 나빴다. 워낙 정신이 없어서 몇 명이 잡아먹혔는지 제대로 보고도 들어오지 않았다.

놈이 베이징 쪽으로 방향을 잡고 움직이기 시작했다는 것만 알려지고 현재는 모습도 사라진 상황. 소식을 들은 사람들에게는 공포가 감돌았다.

그리고 그때 바로 수현이 도착했다.

-?!?!?!

시민들이야 잘 모르지만 관계자들은 중국과 한국의 관계를 잘 알고 있었다. 이런 위기 상황이라고 한국이 가진 가장 큰 패인 마법사를 보내줄 리 없었다. 오히려 끝까지 아끼면 아꼈지.

'대체 어떻게?!'

자연스럽게 우샹카이의 어깨가 올라갔다. 그를 쳐다보는 부하들 앞에서 거민한 눈빛을 보이던 우샹카이는 옆에서 수현이 낮게 말하자 바로 어깨를 내렸다.

"앞에서 깝치지 말고 상황부터 설명해, 이 무능한 놈아."

"……."

"그래서, 그 난리를 친 놈을…… 놓쳤다고?"

"……."

입이 열 개라도 할 말이 없었다. 우샹카이도 그런 난리를 친 몬스터를 시선에서 놓쳤다는 게 어떤 의미인지 잘 알고 있었던 것이다.

"놈의 덩치가 보통 슬라임보다 컸다고 했나?"

"점점 커졌다."

"무언가 삼킬수록?"

"그래! 바로 그거다! 그런데 넌 대체 어떻게 알고 있는……?"

"나만 알고 다른 사람들이 모르는 게 그것만 있겠어? 그나저나 시야에서 사라졌다는 건……."

수현은 바로 알아차렸다.

"실종된 초능력자 중에서 모습을 감출 만한 능력을 갖고 있는 놈이 있었나?"

"어? 그게 뭔……."

"뭐든 좋아. 투명화든 땅 밑에서 이동을 하든……."

"……땅 밑에서 이동을 할 줄 아는 초능력자는 있었는데."

수현은 그 말을 듣고 고개를 저었다. 그걸 본 우샹카이는 덜컥 겁을 먹고 물었다.

"왜, 왜 그러지?"

"왔다면 밑까지 와 있겠군. 따라와라. 일단 찾기부터 해야겠군. 쓸 만한 놈들 좀 데리고 와봐. 나 혼자서 다 할 수는 없으니까."

"쓸 만한 놈들이라면, 진뤄궁이나……."

"그게 쓸 만한 놈들이냐? 네 머리는 폼이냐?"

"……다른 놈들을 부르겠다."

"진뤄궁도 불러."

"별로 쓸모없다며?!"

"부려먹기는 좋지. 내가 여기서 다른 초능력자들을 마음대로 다룰 수는 없잖아."

수현이 마법사라지만 어디까지나 외부인이었다. 멋대로 행동하면 진상을 모르는 이들은 깜짝 놀랄 것이다.

"그러니까 부려먹기 좋은 놈들 데리고 오라고. 저번에 나한테 약점 잡힌 놈들 정도면 되겠네."

"……."

천하의 진뤄궁을 저렇게 취급하는 놈은 없을 것이다.

그렇게 생각하며 우샹카이는 발걸음을 돌렸다. 지금 수현의 기분을 거스를 생각은 조금도 없었다.

그가 여기 와준 것만으로도 우샹카이의 위치는 몇 단계 뛰어오른 것이다. 카메론의 위에 새로 앉은 그를 의심스러운 눈빛으로 쳐다보던 이들도 이제 생각이 바뀌었을 것이 분명했다. 절반은 감탄하고, 남은 절반도 그의 능력은 부정하지 못할 것이다.

"진뤄궁! 진뤄궁, 어디 갔나!"

"선을 겹겹이 쌓아. 하나하나는 두꺼울 필요 없지만 돌파되거나 뚫리는 순간 바로 후퇴시켜서 다음 선에서 재집결시켜. 잡겠다는 마음보다는 정보 수집을 우선시키고."

"막아야 하지 않나? 그렇게 쉽게 후퇴를 허락해 주면 초능력자들이 겁을 먹고 그냥 후퇴할지도……."

"막으려고 한다고 그게 막아지냐? 이런 멍청한 놈. 너 밖에 나가서 몬스터 하나 상대해 봐라. 용감하게 덤빈다고 잡아지나."

강력한 몬스터를 상대할 때 기본적인 전략은 후퇴를 두려워하지 않는 것이었다. 꼭 현장에서 뛰지도 않는 인간들이 반드시 후퇴하지 말고 싸워서 이기라고 말을 해댔다.

'여기나 저기나 사람 사는 곳은 똑같다니깐…….'

그러나 그건 멍청한 소리였다. 게다가 이런 식으로 상대를 흡수하는 몬스터를 상대할 때에는 더더욱.

"그리고 이런 기초적인 건 내가 지시하는 게 아니라 너희 쪽에서 지시해야 하는 거 아닌가? 아무리 그래도 의견이 나왔을 텐데? 왜 아무것도 안 하고 있었지?"

"어…… 그게……."

"아, 진짜 무능한 새끼. 너 설마 네가 결정한답시고 버티고 있었냐?"

"그, 그게……."

"너 진짜 나한테 개처럼 처맞고 정신 차릴래? 아니면 그냥 다른 놈으로 교체할까? 내가 네 인생 행복하고 즐겁게 살라고 그 자리 준줄 알아? 나한테 도움 되라고 그 자리 준 거야."

"도, 도움 되고 있지 않냐?"

"도움보다 방해가 더 된다, 이 자식아."

긴급한 상황에서도 이어지는 폭풍 갈굼. 수현이 우샹카이를 잡아먹을 듯이 갈구는 동안 진뤄궁이 도착했다.

"왔습……."

픽!

"왜 이렇게 늦게 와? 가자."

"……."

진뤄궁은 얻어맞은 뒤통수를 쓰다듬으며 뒤를 따랐다. 초능력 때문에 아프지는 않았지만 기분은 더러웠다.

"지금 지시해서 병력 배치했다. 파워 아머 위주로 시내 요소요소에 배치했는데, 남은 초능력자들은? 그냥 내버려 둬?"

"남은 놈들이라고 해봤자 근접전 계열 아냐? 이놈 같은?"

"그런데 이런 상황에서 인 쓰기에는 이깝잖아."

우샹카이는 권력자로서 처음 맞는 위기여서 그런지 과도하게 의욕을 보이고 있었다. 나중에 상황이 정리되고 나서 보고를 할 때, 초능력자 전력이 있는데 놀려뒀다는 말이 나오면 결과가 좋지는 않을 테니까.

"내가 말하지 않았나? 머리를 좀 쓰라고. 상대가 상대인데 가능한 거 모두 하겠다고 상성이 안 좋은 놈들 보내면 피해만 늘지. 그딴 짓에 신경 쓸 시간에 놈 위치나 파악해. 내가 말한 대로 했나?"

"레이더 풀 가동 했는데 아직 잡히지를…… 다른 곳으로 사라진 건 아니겠지?"

"그건 아닐 거야. 이번 상황에서 두 번째로 다행인 건 놈이 다른 몬스터처럼 머리를 굴리지 못한다는 점이야."

뇌가 있는지도 의문이었다. 그냥 순수하게 본능으로만 움직이는 것 같았다. 계속 두들겨 맞으면 도망치고, 뭔가를 먹기 위해서 덮치고…….

'덩치가 커졌다고 했지?'

원래 염동력으로 놈을 전 방향에서 으깨듯이 힘을 준 다음 적절한 밀폐 우리 안에 가둘 생각이었다.

저놈이 뭐든 잘 먹기는 했지만 한 번에 가둬도 삼킬 수 있을까?

"첫 번째로 다행인 건 뭔데?"

"내 관할이 아니라 너희 쪽으로 왔다는 거지. 일이 꼬이면 네가 책임지잖아."

"……."

우샹카이는 뒤통수를 한 대 맞은 표정으로 수현을 쳐다보았다.

"내, 내가 밀려나면 너도……."

"너도 뭐? 어차피 경쟁자들은 전부 제거했는데. 다른 놈들 밀어주는 거 보기 싫으면 똑바로 일 처리해. 자꾸 멍청하게 굴지 말고."

둘의 대화를 듣던 진뤄궁이 끼어들었다. 그는 수현을 보며 물었다.

"시민들한테 대피 명령은 지금 내리면 됩니까?"

우샹카이에게는 절대로 보여주지 않는 공손한 태도!

옆에서 보던 우샹카이는 어이가 없어서 입을 벌렸다.

저놈이 진짜…….

"야, 잠깐. 내렸다가 일 안 생기면……."

"그러면 좋은 거지. 어차피 책임은 이놈이 질 테니까. 명령 내려라. 아, 그리고 보니 다행인 점이 한 가지 더 있었군."

"⋯⋯?"

"저 슬라임 놈은 아마 일반인보다 초능력자를 먹는 걸 더 좋아하는 것 같아. 그러니 일반 시민들이 있는 곳이 아닌 초능력자들이 있는 곳으로 가겠지."

"넌 대체 저놈에 대해서 이렇게 아는 거냐?"

우샹카이는 의문이 풀리지 않았지만, 지금은 그런 걸 물을 때가 아니었다. 일단 그는 수현이 하라는 대로 움직였다.

"야, 들었냐? 대대가 아예 박살 났다는데."

"대체 어떤 몬스터지? 그보다 어떻게 여기까지 들어온 거야? 바깥에 있는 놈들은 뭘 한 건데?"

"그러니까 말이야."

"아, 진짜⋯⋯ 용병 놈들은 뭐 하고 있는 거냐? 이럴 때 나서줘야지. 돈도 많이 버는 놈들이⋯⋯."

"초능력자들도 마찬가지야. 보이지도 않아요."

"야, 말도 마라. 아주 박살이 났단다. 지금 초능력자들이 잘도 거기로 가겠다. 귀한 몸들이신데."

"그러고 보니 김수현이 왔다던데. 그거 진짜냐?"

"위에서 말하는 거 들어보니까 진짜 같던데⋯⋯."

"이야, 우샹카이 그 인간, 비실비실하고 뭔가 만만해 보여서 어떻게 그 자리에 올랐나 싶었는데 수완이 장난 아니잖아? 어떻게 한국의 마법사를 모셔왔대?"

"얀마, 아무나 그 자리에 오르겠냐? 그 자리에 올랐다는 거 자체가 대단하다는 거지. 너 어디 가서 그런 소리 함부로 하지 마라. 바로 목 날아간다."

"걱정 마. 너희들 앞에서만 이러는 거니까. 내가 미쳤다고 중앙개척부 앞에서 이런 소리를 하겠냐?"

군인들은 파워 아머에 몸을 기댄 채 시시덕대고 있었다. 몬스터가 올지 모른다는 소식에 요소에 배치되어 대기를 하고 있었지만 그들은 그렇게 긴장하지 않고 있었다. 이 주변의 전력은 많았으니 그들한테까지 오지 않을 거라고 생각하고 있는 것이다.

"근데 마법사는 뭐가 아쉬워서 여기 왔대?"

"그러게?"

"뭐…… 윗분들이 알아서 입 맞추지 않았겠냐? 돈이든 뭐든 제시를 했겠지."

"야, 나는 그 정도 되면 그냥 저택 하나 사서 마누라랑 같이 누워서 쉬겠다. 뭐가 아쉬워서 더 벌려고 움직이냐?"

"네가 그러니까 너인 거지. 마법사랑 너랑 같냐?"

"이 자식이 말 기분 나쁘게 하네. 마법사랑 나랑 뭐가 다르다고?"

"같은 점이 있기나 하냐?"

"거기, 그만 떠들도록."

잡담을 끊은 건 중국군 소속 초능력자였다. 그는 귀에 꽂은 통신기로 어딘가에 보고를 하며 손가락으로는 떠드는 군인들을 가리키고 있었다. 경고였다.

"XX, 더럽게 잘난 척하네."

"가다가 넘어지기나……."

콰지직!

초능력자의 몸이 한 바퀴 돌아서 머리부터 땅에 부딪혔다. 그 앞에서 지반이 뒤집히고 무언가가 솟구쳤기 때문이었다.

군인들은 입을 떡 벌렸다.

분명 레이더에는 아무것도 잡히지 않았었는데?

"놈이다!"

바로 보고가 올라갔지만 일단은 그들이 대응해야 했다. 저 슬라임이 기다려 주지는 않을 테니까. 그들은 이를 악물며 무기를 겨눴다.

땅을 꿰뚫고 올라온 슬라임은 수현과 처음 만났을 때보다 꽤 몸이 커져 있었다. 거의 트롤 정도는 되는 덩치였다. 놈은 몸을 자유자재로 변형시키는 재주가 있었다. 지금은 마치 기다란 촉수들을 가진 거미 같은 모습이었다.

끼이익—

파워 아머의 양팔에 장착된 중병기가 거대한 소음을 내며 울부짖었다. 순식간에 슬라임의 몸통이 터져 나갔다. 그걸 본 군인들은 희망찬 표정을 지었다.

"저, 저거 안 죽어……!"

그러나 그들의 동료들이 그랬던 것처럼, 그들도 얼마 지나지 않아 상황을 파악했다. 슬라임의 가장 무서운 점은 그 재생력이라는 점을.

슬라임은 두들겨 맞으면서도 겁내지 않았다. 수현의 공격을 집중적으로 맞았을 때와는 전혀 다른 태도였다. 놈은 파워 아머를 무시하듯이 움직여 쓰러진 초능력자를 집어삼켰다.

"!!!"

"도…… 도망쳐야 하지 않냐?"

"지금 상황에서 그게 가능할 거 같냐? 저놈한테 잡히겠지!"

군인 중 한 명은 겁이 없었다. 그는 겁을 먹고 쓰러진 동료의 무기까지 챙긴 다음 앞으로 달려 나갔다. 어차피 죽는다면 이판사판이라는 심보였다.

콰콰쾅!

있는 수류탄을 던진 다음 전자동식 소총의 탄환 표시판이 깜박거릴 때까지 난사했다. 슬라임은 피하지도 않고 그냥 가만히 서 있었다. 남자는 이를 악물었다.

"······!"

슬라임이 갑자기 뒤로 물러서기 시작했다.

"놈, 놈이 겁을 먹는다!"

"그거 맞았다고??"

방금 파워 아머가 공격했을 때도 멀쩡했던 놈이 저렇게 뒤로 피하는 게 이해가 가지 않았다. 그러나 공격을 가한 군인은 그런 걸 생각할 여유가 없었다.

"놈도 계속 공격을 맞으면······!"

"야, 물러나잖아! 그만 공격해! 다시 덤벼오기라도 하면 어쩌려고!"

동료가 말리는 그 순간, 허공에서 굵은 벼락 줄기가 공기를 찢는 소리를 내며 내려왔다.

파지지지직!

슬라임이 허둥지둥 점프해서 빌딩의 위로 날아오르려고 했다. 그러나 수현은 냉정하게 염동력으로 놈의 몸을 묶고 다시 한번 벼락으로 후려쳤다.

"오냐, 재생력이 있다 이거지?"

아무리 공격을 해도 계속 재생을 해버리는, 일종의 사기 같은 존재. 그러나 이길 수 없는 건 아니었다. 놈의 특성을 알았다면 상대할 방법은 있었다.

'그러면 그냥 묶어버리면 그만이지.'

재생력만 갖고서는 수현을 이길 수 없었다. 놈의 입에서 화염으로 만들어진 뱀이 튀어나와 허공을 갈랐다.

수현은 손짓 한 번으로 놈의 초능력을 지워 버렸다. 그다음은 전격이었다. 수현은 그것을 붙잡아 역으로 다시 한번 벼락을 날려 버렸다.

슬라임은 흡수한 초능력을 전부 다 쓰려는 것처럼 발악했지만 그때마다 수현은 눈 하나 깜박이지 않고 전부 받아쳤다.

'힘이 더 좋아졌나?'

확실히 처음 만났을 때보다 더 힘이 좋아진 것 같았다. 다른 놈들을 잡아 삼키고 해서 그런 건지…….

수현은 전력을 다해 놈을 염동력으로 짓눌렀다. 허공에 띄워진 슬라임이 정사각형 모양으로 변하기 시작했다. 놈은 초능력이 안 되자 이번에는 먹었던 것들을 뭉쳐서 날카롭게 뱉어냈다. 고철 덩어리였다.

수현을 공격하기보다는 수현의 신경을 건드려서 그사이에 탈출하려는 것 같았다. 수현은 진뤄궁에게 명령했다.

"막아."

진뤄궁은 뒤를 힐끗 돌아보고 날아오는 물건들을 후려쳤다. 여기 있는 다른 중국인들이 수현과 그의 관계를 눈치채지 못했으면 했다.

그는 중국의 초능력자 중에서도 명성이 높은 사람이었다.

물론 잘 아는 사람은 인성 파탄자에 성격 더러운 놈이라고 치를 떨었지만, 원래 만날 일이 없는 사람들 대부분은 그런 걸 알 방법이 없었으니까.

"똑바로 막아, 이 자식아! 저놈 대신 네놈을 저렇게 만들 어줄까?"

"그, 사람들 앞에서는. 좀⋯⋯."

"욕먹기 싫으면 일을 잘하라고."

온몸을 솟구치듯이 발악하던 슬라임은 힘이 다했는지, 아니면 생각이 바뀌었는지 움직임을 멈췄다.

수현이 염동력으로 만든, 정사각형 우리에 가둬진 것이다.

일단 놈을 가둔 수현은 한숨 돌렸다.

'설마 여기서 다시 차원문으로 사라지지는 않겠지?'

이런 짓을 처음부터 다시 하고 싶지는 않았다.

놈이 다른 몬스터처럼 학습할 줄 안다면 다음번 싸움에서는 이렇게 당하기 전에 도망칠 가능성이 높았다. 머리를 굴리지 못하는 놈이라 망정이지⋯⋯.

"이걸 어떻게 가둔다?"

수현은 피곤한 표정으로 눈을 감고 있었다. 그 뒤에는 슬라임이 정사각형 모양으로 공중에 떠 있었다.

그걸 본 우샹카이는 겁을 먹은 표정으로 뒷걸음질 쳤다. 우샹카이는 저 슬라임이 온갖 모양으로 변해가며 군인들과 초능력자, 파워 아머를 부숴가는 걸 본 사람이었다. 그런 놈이 저렇게 손 뻗으면 닿을 거리에 있으니 겁이 나지 않을 수가 없었다.

"저놈, 어떻게 할 거냐?"

철썩!

"⋯⋯?!"

우샹카이는 기겁해서 엎드렸다. 진뤄궁도 깜짝 놀라 들고 있는 대검 아티팩트를 뽑으려고 들었다. 수현이 슬라임을 가두고 있는 염동력의 우리를 푼 것이다. 그 탓에 허공에 있던 슬라임이 땅으로 떨어졌다.

"무슨 짓이냐!? 당장 치워! 우리를 죽일 셈이냐?!"

그러나 슬라임은 움직이지 않았다.

"⋯⋯??"

놈은 슬슬 바닥을 기어 다닐 뿐이었다. 수현은 다시 슬라임을 허공으로 들어 올렸다. 나름 거대해졌던 놈의 덩치도 원래대로 돌아와 있었다.

"뭐냐? 뭔 짓을 한 거냐?"

"아무 짓도 안 했어. 이놈이 그냥 얌전해진 거야."

"……?"

계속 몸부림치던 슬라임은 어느 순간 잠잠해졌다. 놈의 덩치는 시간이 지날수록 줄어들었다. 슬슬 힘을 주고 있는 게지겨워진 수현은 살짝 힘을 풀어보았다.

'설마 바로 차원문 열고 도망치는 건 아니겠지?'

그렇게 된다면 수현은 정말 멍청한 짓을 하게 되는 것이다. 어디 가서 하소연하지도 못할 정도로 멍청한 짓.

그러나 슬라임은 잠잠했다. 수현의 눈치라도 보는 것처럼 자리에서 빙글 돌기만 할 뿐이었다. 무언가 움직이기라도 하면 다시 공격을 받지 않을까 하고 겁먹은 것처럼.

"그래서 놈이 얌전해졌다고?"

"얌전해진 건지, 아닌지는 나도 모르고. 일단은 가만히 있네."

"아니, 그렇다고 힘을 풀면 어떻게 하냐! 갑자기 공격이라도 하면!"

"그래서 너희들 있었을 때 풀었잖아. 실험을 하려면 이걸 갖고 가기 전에 해봐야 했어. 여기는 공격을 하고 날뛰어도 평양이 아니니 괜찮으니까."

"……"

"……"

진뤄궁과 우샹카이는 입을 다물고 수현을 쳐다보았다.

저, 자기 일만 생각하는 철저한 이기주의자 자식이……!

"그래서, 말한 건 갖고 왔나?"

"갖고 왔는데……."

우샹카이가 신호를 보내자 샤오메이가 부하들과 함께 들고 온 것을 내려놓았다. 묵직한 소리가 들렸다. 칸을 열자 안에서 은은한 광채가 나왔다. 제련된 알타라늄 괴였다. 거대한 케이스를 채울 정도로 꽉꽉 차 있는 걸 보니 감탄만 나왔다. 산지 광산을 갖고 있는 중국이라 바로 대령할 수 있었다.

"그런데 이건 가공이 전혀 안 된 물건인데? 이걸로 어떻게 우리를 만들 생각이지?"

"초능력으로."

"알타라늄은 초능력으로 가공할 수 없잖아?"

"우샹카이, 내가 설마 그 생각을 못 했겠냐?"

알타라늄은 초능력을 흡수했다. 그렇기에 카메론에서는 여러 용도로 쓰였다. 고르간 같은 경우는 알타라늄으로 만들어진 부족의 방패를 갖고 있었고, 드라고니아 계곡 지하에서는 알타라늄을 두른 골렘들이 있었다. 물론 알타라늄은 초능력을 상대할 때 매우 효과적인 물질이었다.

"……!"

일정 수준의 초능력까지만 말이다. 수현은 초능력이 흡수되는 것에 아랑곳하지 않고 힘을 집중시켰다. 슬라임과 그렇게 날뛰었는데도 아직도 힘은 넘쳐 났다. 그걸 본 우샹카이는 혀를 내둘렀다.

'저런 괴물 같은 놈!'

어떻게 된 게 시간이 지나도 한계가 보이지 않았다. 놈에게는 바닥이 없는 것 같았다. 계속 파면 무언가가 나왔다.

순식간에 알타라늄이 녹아서 액체로 변했다. 수현은 바로 슬라임을 들어서 알타라늄으로 덮어버렸다. 슬라임은 갑작스러운 기습에 발버둥 쳤지만 수현은 바로 알타라늄을 움직여 정사각형의 박스로 만들어버렸다.

그 뒤로 바로 냉각. 초능력만으로 복잡한 과정을 전부 건너뛰고 우리를 만들어버렸다.

"끝. 됐나?"

"어…… 놈이 가만히 있겠지?"

"그건 봐야 알겠지. 일단은 가만히 있는데, 배가 고파지면 또 날뛸지도 모르겠고. 힘이 별로 좋은 놈은 아니니까 이걸 뚫고 나오지는 못할 거야. 알타라늄으로 덮어놨으니 별다른 짓도 못 할 거고."

수현은 놈이 갇힌 박스를 들고 일어섰다.

"난 이만 가 보도록 하지."

"벌, 벌써?"

"그러면 여기서 뭘 하라고? 너희와 같이 뒤처리한 다음, 시민들한테 손이라도 흔들어줄까? 여기가 한국도 아닌데 뭐 하러 그 짓을 해?"

슬라임이 남기고 간 피해는 의외로 크지 않았다. 물론 차원문 주변의 부대는 생각이 다르겠지만, 일단 도시 자체의 피해는 적은 편이었다. 슬라임 정도의 몬스터가 날뛰었는데도 그 정도라면 매우 괜찮게 대처한 편이었다. 바로 수현이 오지 않았다면 피해는 몇 배로 커졌을 것이다.

이제 뒤처리는 우샹카이와 그 밑의 몫이었다.

설마 이 정도로 대처해 줬는데 그다음도 못하지는 않겠지.

수현은 우샹카이가 그 정도로 멍청할 거라고는 생각하지 않았다.

"잠깐, 그래도 말은 맞추고 가야지!"

"뭘? 나를 어떻게 데리고 왔는지? 그런 건 적당히 핑계를 대면 되잖아. 그런 것도 몰라서 나한테 묻는 거냐?"

'적당히 말해도 네 마음에 안 들면 나한테 책임을 물 거잖아!'

우샹카이는 불만을 삼키고 어색하게 웃었다.

"혹, 혹시 모르니까…….'

"알아서 해. 난 이만 간다. 네가 난리를 쳐서 내가 할 일 전부 두고 온 거다. 감사한 줄 알라고."

수현이 슬라임을 가둔 알타라늄 박스를 들고 밖으로 나가려고 했지만 아무도 말리지 못했다.

수현이 밖으로 나가자 샤오메이가 작은 목소리로 물었다.

"저 슬라임, 저렇게 들고 가게 하면 안 되는 거 아닙니까?"

차원문 근처에서 나타나서 부대를 박살 내고 도시까지 들어와서 난리를 친 몬스터였다. 당연히 그 몬스터가 어떤 몬스터인지 확인하고 조사해야 했다. 그래야 다음에 이런 일이 일어나지 않을 테니까. 그렇지만 아무도 수현에게 그런 말을 할 생각을 하지 못했다.

"……네가 말해봐라."

"저는 위치가 낮아서……."

"진뤄궁?"

"저는 수습 현장을 도와주러 가 보겠습니다."

평소에 봉사와는 거리를 쌓았던 놈이 저렇게 말하니 어이가 없었다.

우샹카이는 뒤통수를 한 대 치려다 참았다. 수현이 자리에 있는 것도 아니었으니까.

'젠장…… 그래도 이 정도로 끝났으니까 다행이지.'

자칫하면 대형 참사가 일어날 수도 있었다. 그렇게 생각하니 아찔해졌다.

"그냥 죽인 거로 하면 어떻습니까?"

"……!"

우샹카이는 샤오메이를 쳐다보았다.

"바로 그거야!"

"날 꼭 바깥까지 불렀어야 했어?"

"이걸 도시 안으로 들고 가기는 조금 그랬다고."

"……?"

"이번에 중국 쪽에서 사고 난 거 알지?"

"아, 그 몬스터? 난 중국 쪽에서 무슨 실험하다가 실수라도 한 줄 알았는데."

최지은도 들어서 알고 있었다. 갑자기 차원문 주변에서 나타나 도시를 공격한 몬스터.

그녀의 상식에서는 갑자기 차원문 주변에서 나타날 수 있는 몬스터는 없었다. 당연히 중국 쪽의 자작극을 의심했다. 생포한 몬스터를 갖고 이런저런 실험을 하다가 실수로 탈주 사건이라도 일어나면…….

"실험이라니?"

"왜? 다들 실험하잖아. 몬스터 갖고 실험 안 하는 곳이 어디 있다고."

"너희 쪽에서도 해?"

"아니, 우리는 그쪽 전문이 아니야. 그건 다른 곳에서 하지."

"……."

"어쨌든 중국 쪽에서 도망친 몬스터가 아니었어?"

"아니야. 이게 이야기가 긴데……."

수현은 다크 엘프 마을에서 시작되는 이야기를 간략하게 정보만 늘어놓았다. 전부 다 들은 최지은은 고개를 갸웃거렸다.

"그러니까 결국 너 때문이잖아?"

"나 때문이라니. 이 자식이 도망쳐서 그런 거지! 이 자식이 차원문을 쓸 줄 내가 어떻게 알았겠어?"

"그보다 차원문이라니, 그거 이야기 좀 더 해볼래?"

"말한 그대로야. 차원문은……."

수현은 손가락으로 허공을 가리킨 다음 힘을 집중시켰다. 강한 스파크와 함께 매우 작은 형태의 차원문이 나타났다.

"……!"

"이런 식으로도 만들 수 있다는 거지."

"대단해……!"

"내가 선물 줄 때도 저런 식으로 반응은 안 했던 것 같은데."

수현은 투덜거리며 고개를 저었다. 돌아오기 전에 나름 로맨틱한 선물을 줬을 때도 그냥 고맙다고만 했던 최지은이었다. 그런데 지금 손가락으로 순간 생겼다 사라지는 차원문 하나 만들었다고 저렇게 반짝거리는 표정이라니.

"다시 한 번 더 만들어 봐! 잠깐, 잠깐. 장비 좀 갖고 올게.

아니다. 네가 그냥……."

"차원문은 나중에 이야기하고."

수현은 차원문을 사라지게 만들었다. 최지은은 아쉽다는
표정으로 수현의 손을 쳐다보았다.

"지금 중요한 건 슬라임이야. 이 슬라임."

"애초에 그거 슬라임 맞아? 차원문 여는 슬라임은 들어본
적도 없어. 넌 있어?"

"돌아오기 전에도 이런 놈은 만나본 적 없어."

"이 행성 몬스터는 맞을까?"

"……?"

호우얀이 했던 소리와 똑같은 소리였다. 수현은 솔직히 놀
랐다. 이것만 듣고 바로 똑같은 추측을 하다니.

"왜?"

"무슨 소리야? 이 행성의 몬스터가 아니라니."

"너무 특이하잖아. 카메론에서 이런 종류의 몬스터는 본
적도 없어. 물론 우리가 아직 못 닿은 곳이 많긴 하지만……
게다가 이 몬스터는 차원문도 쓸 줄 안다며. 원시적인 형태
의 차원문."

수현은 고개를 끄덕였다. 카메론의 몬스터라고 하기에 이
슬라임은 너무 이질적이었다. 아예 다른 곳에서 왔다면? 호
우얀의 말에 따르면 그렇게 불가능한 것도 아니었다.

"이 슬라임…… 어떻게 할 거야?"

"이 상태로 가두면 일단 밖으로 못 나오는 것 같기는 한데."

"안 죽어? 공기도 안 통하는 것 같은데."

"아, 그거 이미 실험해 봤어."

질식으로 죽일 수 있는지 수현은 벌써 실험해 본 상태였다. 어지간한 시간으로는 슬라임은 꿈쩍도 하지 않았다. 정말 끈질긴 생명력이었다.

"원래는 이렇게 가둔 다음에, 내가 차원문을 다루는 방법을 연습하려고 했어."

"차원문을 다루겠다고?"

"뭐, 나보다 먼저 한 사람도 있으니까. 내가 하는 게 불가능하지는 않겠지."

수현은 자신이 있었다. 시간을 다루는 능력에 비하면 이 차원문을 만들고 다루는 건 훨씬 난이도가 낮았다. 적어도 만들고 나면 어떻게 할지 감이 오는 것이다.

"차원문을 열어서 어디 저 오지에 버리려고 했거든?"

"오지라니?"

수현은 하늘을 가리켰다.

"우주에?"

"우주에 버리면 돌아오지는 못 할 거 아니야."

"……참신하기는 하네."

최지은은 인정할 수밖에 없었다. 우주로 쏘아 올려 우주 쓰레기로 만들어버리면 어떤 몬스터라도 없앨 수 있었으니까.

"그런데 이놈을 보니까 다른 생각이 들더라고."

"너, 설마……."

"이런 무기를 그냥 버려두면 너무 아깝지 않을까? 던져두기만 하면 초토화인데."

"미친 짓 아냐?!"

"원래 내가 하던 짓들이 거의 미친 짓에 가깝지. 들어봐, 어느 곳이든 간에 마음에 안 드는 곳에 그냥 던져 버리고 나면 그 주변은 완전히 초토화가 될 거야."

"뒷수습은 어떻게 하려고?"

"사실, 그게 걱정이긴 해. 이놈은 먹으면 먹을수록 커지니까."

자칫하다가는 수현이 상대하지 못할 정도로 강해질 수 있었다.

"그런데…… 원래 핵 같은 거 쓸 때 뒷수습 생각하고 쓰지는 않잖아?"

"생각하고 쓰거든?"

수현은 점점 이 슬라임이 끌렸다. 어디 깊숙한 곳에 잘 보관하고 있다가 정말 필요한 순간이 오면 결전 병기로 쓰는 것이다.

"그건 아닌 것 같은데……."

"아니야, 아주 좋은 생각 같아."

"……."

최지은은 고개를 저었다. 아무리 생각해도 저거 때문에 언제 한번 크게 사고가 날 것 같았다.

"도시 주변에 안 둘 거지?"

"당연하지. 어디에 둬야 좋을까…… 아, 사람 안 오는 곳에 숨겨놔야겠다."

"……어디에?"

"그건 비밀이야. 아무도 몰라야지."

최지은은 한숨을 쉬었다.

왜 저런 남자를 좋아하게 된 건지…….

똑똑—

"……?"

"들어가도 됩니까?"

"뭐야? 누구야?"

"아, 들어와."

문서연이 문을 열고 들어왔다. 그녀는 등에 거대한 짐을 짊어지고 있었다.

"안 들키고 왔지?"

"넵!"

"뭘 들고 온 거야?"

"뭐…… 비석이랑 이것저것."

수현은 만약의 상황에 바로 이동할 수 있도록 경로를 만들어 둘 생각이었다. 지금 그들이 있는 기지도 그 장소 중 하나였다. 어차피 이런 비석은 모르는 사람이 보면 별로 특이하지 않은 물건일 테니까.

문서연은 신기하다는 듯이 최지은을 쳐다보았다. 둘은 초면이 아니었다. 연구소를 따라다니다가 몇 번 본 적이 있었다.

수현이 비석을 들고 설치하기 위해 지하로 내려간 사이, 문서연이 호기심 가득한 목소리로 물었다.

"그러니까 두 분이 사귀시는 겁니까?"

"풉!"

전혀 예상치 못한 질문에 최지은은 마시던 커피를 뿜었다.

"뭐, 뭐?"

"어? 아니십니까?"

"무슨 소리를 하는 거야?!"

최지은은 당황해서 손을 흔들었다. 그사이 수현은 기지 지하에 비석을 설치하고 올라왔다.

"자, 그러면 이제 차원문 다루는 거나 연습해 보자고. 음?"

수현은 최지은이 당황한 걸 보고 고개를 갸웃거렸다.

"둘이 뭔 이야기 하고 있었어?"

"두 분이 사귀시냐고 물었습니다!"

"네가 그런 것도 관심을 가져?"

최지은은 수현을 살짝 어이없다는 듯이 쳐다보았다.

아무리 그래도 그렇지 문서연에 대한 취급이 좀 너무 심한 것 아냐?

"아, 제가 궁금해서 물어본 거 아닙니다!"

"그러면 그렇지."

"……."

수현이 생각하기에 문서연의 머릿속에는 '강함'과 '싸움' 정도만 들어 있는 것 같았다. 현대가 아니라 고대에 태어났으면 칼 들고 왕국 하나 정도는 세웠을 사람이었다.

"누가 물어봤는데?"

"루이릴 씨랑 샤이나 씨가…… 앗, 이건 말하면 안 된다고 했는데."

"됐어. 비밀 지켜줄게. 그리고 사귀는 거 아니야."

"아닙니까?"

"아니긴 한데……."

최지은은 미묘한 기분이 됐다. 그녀는 수현에게 다가가 속삭였다.

"돌아오기 전에는 사귀고 있었잖아?"

"사실 그때도 정식으로 사귄 건 아니었는데. 네가 싫다고 했었거든."

"내가?"

"서로 일 바쁘고 그런데 굳이 말을 꺼내나…… 이런 느낌이었지?"

딱 그녀가 할 소리였다. 일 중독자 커플인 둘은 꽤 독특한 관계를 유지하고 있었던 것이다. 최지은은 반박할 수가 없었다. 그도 그럴 것이 상대가 자신이었으니까!

"그런데 할 거 다 하고 볼 거 다 본 사이였는데 굳이 그렇게 선을 그을 이유가 있나 싶긴 했어."

최지은의 얼굴이 빠르게 붉어졌다. 그걸 본 수현이 물었다.

"알겠다. 이제 나한테 화낼 거지?"

"아니거든?"

"화낼 줄 알았는데."

"계속하면 화내겠지!"

"팀장님, 팀장님."

"왜?"

"뒤에 슬라임이 나왔어요."

"……?"

수현은 기겁해서 돌아보았다. 언제 나왔는지 슬라임이 그의 뒤에서 얌전히 앉아 있었다.

"이런 미친?!"

알타라늄 우리로 초능력을 쓰지 못하게 했는데 어떻게 나온 거지?

수현은 일단 문서연과 최지은은 뒤로 물러나게 했다. 둘이 슬라임에게 당하면 치명적이었다. 그러나 슬라임은 얌전하게 있을 뿐이었다.

"……?"

일단 알타라늄 우리를 봤다. 우리는 깨진 곳 하나 없이 멀쩡했다. 무언가 다른 수법으로 나온 모양이었다.

'차원문은 아니고, 통과도 할 수 있나?'

"영상 확인해 보면 되지. 기지 영상 있잖아?"

최지은의 말에 셋은 영상실로 갔다. 수현은 슬라임을 염동력으로 단단히 가둔 상태였다.

스르륵–

영상 속에서 슬라임은 마치 물이 스며드는 것처럼 알타라늄 우리를 뚫고 나왔다. 그리고 수현의 뒤로 따라붙었다. 거의 공포 영화 수준의 소름 끼침이었다.

수현은 슬라임을 질린 눈으로 쳐다보았다.

이 자식 대체 뭐야?

"이거 왜 이러는 거야?"

"어…… 애완동물 같습니다?"

"언제 나를 삼킬지 모르는 애완동물은 필요 없어!"

"농담을 떠나서라도 널 따르고 있는 것 같기는 해."

"날 따르기는 무슨. 날 먹고 싶어서 군침을 흘리고 있겠지. 애완동물이라는 말이 통하려면 애초에 내 말을 알아듣고 훈련이 되어야 하잖아. 이 살인 병기가 내 말을 알아듣겠어? 앉아!"

"……?!?!?!"

슬라임이 납작해졌다.

"…… ."

"……?"

순식간에 조용해진 방 안. 수현은 애써 현실을 부정했다.

"아니, 아니, 우연이지. 이건, 일어서!"

슬라임이 다시 둥그런 형태로 돌아왔다.

"……말 알아듣는 것 같은데?"

"말 알아들으면 잘됐네. 다시 들어가!"

슬라임은 알타라늄 우리 안으로 들어가 버렸다. 이쯤 되자 수현은 부정할 수가 없었다. 저 슬라임은 그의 말을 알아듣고 있었다. 무슨 의도로, 대체 어떻게 듣고 있는 건지는 알 수 없었지만…….

최지은은 역시 과학자였다. 이 흥미로운 현상에 바로 관심을 보이며 손짓했다.

"몇 가지만 더 실험해 보자."

"난 지금 너희 둘 다칠까 봐 잔뜩 긴장했는데, 넌 왜 이렇게 태평해?"

"그야 네가 있으니까."

"팀장님이 있으니 괜찮습니다."

"고맙다, 이것들아. 그리고 문서연, 너는 언제 애랑 친해진 거야?"

"친해진 거 아니야. 어쨌든 몇 가지만 더 해보자."

"뭘 더해? 물구나무라도 시킬까?"

"아니, 이번에는 말로 하지 말고, 속으로 생각해 봐. 의지로 저 슬라임에게 명령을 하는 거야."

최지은이 보기에 슬라임이 청각으로 수현의 명령을 들은 것 같지는 않았다. 애초에 귀 같은 청각기관이 없었으니까.

수현은 반신반의하는 마음으로 슬라임에게 명령을 보냈다. 밖으로 나오라고. 그러자 슬라임은 밖으로 나왔다.

"뭐라고 명령했어?"

"밖으로 나오라고."

"혹시 샌드백 형태로 변하게 하실 수도 있습니까?"

"됐어. 너희 둘은 애한테 다가오지 마."

아무리 생각해도 이 슬라임은 믿을 수가 없었다.

"여기서부터…… 여기까지. 좋아."

"벌써 감을 잡은 거야?"

"근거리는 쉬워. 둘 다 시야에 들어와 있으면 더욱."

수현은 차원문을 다루는 것을 연습하고 있었다.

힘으로 공간에 구멍을 뚫고 그 너머의 길을 만드는 것이다. 지금처럼 입구와 출구가 가까워서 둘 다 볼 수 있으면 그렇게 어렵지 않았다. 차원문의 진가는 정말 먼 거리를 이동할 때 드러났다. 이 정도로는 아직 만족할 수 없었다.

그러나 지금 수현이 한 것만으로도 충분히 대단했다. 카메론과 지구에 새로운 충격을 가져올 수준의 발견. 어찌 보면 인공 아티팩트보다 더 대단한 발견일 수도 있었다.

차원문을 인공으로 만들다니. 순간이동 초능력자들은 희귀하고 좋은 대접을 받았지만, 사실 전략적인 면으로 봤을 때는 큰 가치가 없었다. 순간이동으로 움직일 정도의 거리라면 그냥 다른 방법으로 이동하면 됐으니까.

그에 비해 차원문은 달랐다. 지구와 카메론을 잇듯이, 지구와 또 다른 행성을 이어주는 키워드가 될 수도 있는 것이다.

카메론의 발견으로 시들시들해진 달이나 화성 탐사도 차원문을 인공으로 제어할 수 있다면 다시 발전할 수 있었다. 괜히 인류가 차원문 연구에 집착한 게 아니었다.

물론 사고도 있었다. 대표적인 예시가 저번에 일본 측 연구진들이 터뜨린 몬스터 습격 사건이었다. 만들라는 차원문은 안 만들고 몬스터를 자극하는 파동을 만든 사건.

덕분에 차원문 연구는 조용히 음지로 파고들게 됐다. 차원문 연구를 국가에서 안 하지는 않았다. 그건 수현도 확신했다. 하지만 누구도 대놓고 '연구하고 있다!'고 하지 않았다. 반대가 워낙 만만치 않았던 것이다.

몬스터를 자극하지 않더라도 누구나 평양을 기억하고 있었다. 차원문이 나타나서 통째로 날아가 버린 도시. 차원문 연구 도중 그런 일이 또다시 일어날까 봐 걱정하는 건 무리가 아니었다.

"내 생각에, 평양에 생긴 차원문은 일종의 마력 플레어 같아."

"플레어?"

"항성 표면에서 강력한 에너지가 분출되는 현상."

태양 표면에서 엄청난 에너지가 뿜어져 나오면 지구에도 영향을 끼쳤다.

최지은은 머리카락을 손가락으로 꼬며 말했다.

"카메론에는 분명 지구에 없는 힘이 있어. 그걸 이종족들은 마력이라고 하지. 이런 힘들이 자연적으로 돌아다니다가 폭발하듯이 응축되면……."

"저런 차원문이 생긴다?"

"차원문 소란처럼 말이야."

일시적으로 차원문이 생겨서 지구에 난리가 났던 사건. 덕분에 하던 탐사도 중지하고 용병들은 돌아와야 했다.

"원래라면 일시적으로 생기고 사라질 수준이지만, 기적적인 우연으로 평양 차원문은 유지가 된 게 아닐까 싶어. 워낙 규모도 크고 했으니…… 평양이 날아갈 정도로. 플레어로 따지면 슈퍼 플레어 같은 거겠지."

"재밌는 이론이네."

수현은 다시 한번 차원문을 만들어 공간을 이으며 대답했다.

"그건 그렇고, 나는 실험을 해보고 싶은데."

"들어가는 건 위험하지 않을까? 안은 어떻게 될지 모른다며."

생각해 보니 평양 차원문을 잘도 들어갔다 싶었다. 맨 처음 들어간 사람들은 정말 죽음을 각오하고 들어갔을 것이다. 어떻게 될지 몰랐으니까. 재수가 없었으면 그냥 우주 공간으로 들어갔어도 놀랍지 않았다.

"응, 그래서 적당한 걸 생각해 냈지."

"……?"

수현은 슬라임을 집어서 차원문으로 집어 던졌다.

"……."

슬라임은 무사히 반대편 차원문으로 튀어나왔다. 그걸 본 수현은 고개를 끄덕였다.

"됐다. 잘 작동하네, 형태도 멀쩡하고."

"야……."

"왜? 이럴 때 써야지."

슬라임이 뇌가 없으니 기억을 하지는 않겠지만, 그레도 저렇게 대해도 되나 싶었다. 수현이 차원문을 갖고 질리지도 않게 실험을 하는 동안 문서연은 옆에서 하품을 했다.

그 틈을 타 최지은은 은근하게 문서연에게 다가가서 캐묻기 시작했다.

"그래서…… 샤이나하고 루이릴이 물어보라고 했다고?"

"네? 네."

"왜 물어보라고 한지도 알아?"

"글쎄요? 잘 모르겠습니다?"

"아무 이유도 없이 그냥 물어보라고 시킨 거야? 그래도 너는 같이 돌아다니면서 이것저것 보고 들을 거 아냐. 생각나는 거 없어?"

"샤이나 씨의 저택에는 호랑이가 있었지 말입니다."

"그런 거 말고!"

"아, 호랑이 말고 말입니까? 거기에 다른 다크 엘프들도 있었습니다."

"이야기가 다른 곳으로 새는 것 같은데…… 걔들이 뭘 이야기를 했는지 말해줄래?"

"어떻게 사는지 하고, 뭘 먹는지, 어떤 식으로 싸우는지…… 초능력 관련해서 대화도 조금 했었고, 샤이나 씨가 언제 수현의 애를 가질 건지도 물어봤었고……."

"푸후흡!"

"왜 그러십니까?"

"방금, 방금 뭐라고?"

"아, 초능력 관련해서 나눈 대화가 궁금하신 겁니까?"

"아니! 그다음에!"

"아, 뭘 먹는지 궁금하신 겁니까?"

"너 일부러 그러는 거지?"

"아아, 애 말입니까? 다크 엘프들은 강한 씨를 좋아하지 말입니다."

노골적인 말투에 최지은의 얼굴이 붉어졌다.

얘는 부끄러움이란 게 없나?

"너, 너는 그걸 듣고 별생각이 안 들었어?"

"무슨 생각 말입니까? 아, 팀장님께서 피임을 해야겠구나 하는 생각 말입니까? 팀장님이 어떤 사람이신데, 알아서 잘 하실 겁니다."

"……아니! 다크 엘프들이 그렇게 멋대로 자식을 원하는 그런 것에 대한 생각 말이야!"

"네? 에이, 샤이나 씨는 그런 분이 아니지 말입니다. 팀장님이 싫어하는데 억지로 묶고 덤비지는 않을 겁니다. 팀장님이 그런 것에 당할 사람도 아니고 말입니다."

"그걸 말한 게 아니야……."

"자식이라면 다크 엘프들은 원래 그런 걸 중요하게 여기지 않습니까?"

최지은은 묻는 걸 포기했다. 문서연이 워낙 수현을 강아지처럼 잘 따르기에 뭔가 호감이 있나 싶어 물어보려 한 건데, 말하는 걸 보니 아무 생각이 없는 것 같았다.

"박사님이 무슨 이야기를 하는지 잘 모르겠지 말입니다."

"그러니까…… 설명하기가 힘든데. 네가 좋아하는 사람이 있다고 치자."

"강합니까?"

"그게 중요해?"

"중요하지 말입니다."

"그래, 강하다고 하자!"

"얼마만큼 강합니까? 저보다 강합니까?"

"그래! 너보다 강해!"

"저보다 강한 사람은 손가락에 꼽습니다만?"

"그냥 좀 넘어가 주면 안 될까?"

"듣고 있지 말입니다."

최지은은 한숨을 쉬며 말했다.

"그런데 그런 사람이 있는데, 이종족들이……."

"다크 엘프?"

"그래, 다크 엘프! 다크 엘프들이 막 강하다고 자식을 탐내는 거야. 기분이 어떨 거 같아?"

"전 상관없습니다만?"

"……???"

최지은은 기가 막혀서 입을 벌렸다.

애가 뭐라는 거야?

"아무렇지도 않다고?"

"그거 때문에 그 사람이 저를 싫어하게 됩니까?"

"아니, 그건 아닌데……."

"그러면 상관 안 하지 말입니다."

"내가 이상한 거야?!"

탁!

수현은 다시 한번 차원문을 만들었다가 사라지게 하고서 자리에서 일어섰다.

연습은 이 정도면 됐다. 이제 돌아가서 얼굴을 내밀어야 할 곳들에 잠깐씩 내밀어줘야 했다. 수현은 이제 한곳에 오래 박혀서 은둔할 처지가 아니었으니까.

"둘이 뭔 대화하고 있어?"

"아, 자식……."

"쉿, 쉿쉿!"

"자식?"

"지식! 자식이 아니라, 지식!"

"지식? 너 그런 것도 관심이 있었어?"

수현은 문서연을 대견하게 쳐다보았다.

그녀가 저런 것에도 관심을 가질 줄이야.

문서연은 쑥스러운 표정으로 머리를 긁적이며 헤헤 웃었다.

"대단한데. 배울 수 있으면 많이 배워."

"난 사양이야……."

"좀 지친 거 같다?"

최지은은 대답 대신 한숨을 푹푹 내쉬었다.

'주변 사람 중에 멀쩡한 사람이 없는 거 같아.'

물론 최지은이 그녀 스스로를 평범하다고 생각하지는 않았다.

그녀는 스스로의 지성에 대한 자부심이 있었고, 실제로 카메론 연구자로서 따지면 손가락에 꼽혔다.

게다가 다른 연구자들이 앉아서 탐험가들과 용병의 탐사를 기다리는 동안, 그녀는 수현만이 알고 있는 비밀을 공유했다. 인공 아티팩트부터 시작해서 차원문까지, 말 그대로 수준이 다른 정보였다.

그러나 많이 안다고 해서 모든 상황에 지혜롭게 대응할 수 있는 건 아니었다. 최지은은 문서연이나 샤이나 같은 사람들에게 어떻게 대응해야 할지 알지 못했다.

'아니, 샤이나는 다크 엘프니까 그렇다 쳐도 서연은 왜 저러는 거야?!'

그녀가 혼자 고민하는 동안 수현은 문서연과 떠들고 있었다.

"와, 이게 팀장님께서 만드신 차원문입니까? 들어가 봐도 됩니까?"

"정신 나갔니?"

"준비는 다 됐나?"

"물론입니다. 오늘 자리를 만들어주셔서 감사합니다."

이중영은 넥타이를 조이면서 고개를 숙였다. 남자는 마땅히 그래야 한다는 표정으로 이중영의 어깨를 두드렸다.

"의원님은 한가하신 분이 아니야. 그런데도 자네를 만나주시는 걸세. 조심해서 행동하게나."

"예."

"자네도 계속 카메론에서 썩을 생각은 없겠지? 남자가 정치를 하려면 한국에서 해야지, 이번 기회에 의원님에게 제대로 얼굴도장을 찍게. 적당한 실적만 만들면 바로 위로 올라갈 수 있을 거야."

'더럽게 잘난 척하는군.'

이중영은 아니꼬운 감정을 들키지 않기 위해 애썼다. 그가 바쁜 와중에 지구로 온 것은 로비를 위해서였다. 여당의 의원에게 줄을 대기 위한 로비.

그가 보기에 여당은 다음 선거에서도 여당의 자리에 있을 가능성이 높았다.

워낙 일을 잘 처리하고 있었다. 안 그래도 몬스터 습격 때문에 카메론 관련 이슈가 핵심이 된 상태였는데, 한국은 세계적으로 우수하게 대처한 편이었다.

물론 그 이유는 김수현 때문이었지만…….

김수현을 생각하자 속에서 열불이 치솟았다. 그가 애써서 포섭하려고 한 용병 회사, 진돗개가 뒤집어진 것이다. 대체 김수현이 왜 거기 가서 그 난리를 친 건지 알 수가 없었다.

진돗개가 국내에서 손꼽히는 대형 용병 회사기는 했지만 김수현은 그런 것에 관심을 가질 이유가 없었다. 아쉬울 게 없는 놈이었던 것이다.

게다가 성격도 그런 회사를 거느리고 하는 것과는 거리가 멀었다. 애초에 권력욕이 많았다면 엉클 조 컴퍼니의 사장부터 바뀌었겠지.

그러나 이미 일어난 일은 일어난 일. 이중영은 분노를 다스리고 다음 계획에 착수했다.

'그래, 김수현. 마법사라고 나대고 다녀라. 나는 내 방식대로 움직일 테니까.'

전 세계적으로 대우받는 화려한 명성, 시대를 십 년은 넘게 앞서가는 새로운 프로젝트, 여러 분야의 권력자들과의 강한 인맥…….

이런 걸 갖고 있는 김수현은 분명 강한 상대였다. 그러나 김수현이 뭐든지 마음대로 할 수 있는 건 아니었다. 지금은 고대 사회가 아니었으니까. 사회에는 법이 있고 규칙이 있는 것이다.

김수현이 관심을 가지지 않고 있는 사이, 그는 실적을 쌓고 권력을 잡아서 위로 오를 것이다.

행성관리부 내에 그의 파벌이 만들어지고, 그가 현 정권과 친밀한 관계를 맺어 장관 자리에 앉는다면…… 아무리 김수현이라도 그걸 흔들 수는 없었다.

이번에 만든 자리는 그 첫 단계였다. 이중영은 나름 커리어가 있는 인물이었지만, 한국 본토의 거물 의원들에 비하면 애송이에 불과했다. 당연히 굽히고 들어가서 애걸해야 했다.

'상관없지. 원하는 것만 얻어낼 수 있다면.'

요정의 정문을 지나 조용한 돌길을 걸어 들어가며 이중영은 다짐했다. 원하는 걸 얻어낼 수 있다면 돼지 같은 의원들한테 굽실거리는 것 정도는 일도 아니었다.

"제가 갖고 온 건 준비하셨겠죠?"

"물론. 의원님께서 미식가인 건 어떻게 알았나? 의원님께서 아주 기뻐하셨다네."

"그걸 구하느라 고생 좀 했습니다."

"하하, 그랬겠지. 자네니까 가능했을 거야. 다른 사람이면 어림도 없지."

이중영은 최상품의 어스 드래곤 고기를 구해 미리 준비시켜 놓게 했다. 미식가로 알려진 김 의원을 구워삶기 위한 준비였다.

원래 로비란 상대를 감동시키는 것에서 시작하는 것.

저걸 구하기 위해 그의 부하들은 고생이란 고생은 다 해야 했다.

수현이 그들이 사냥하는 걸 봤으면 고개를 저었을 것이다. '저렇게 원시적으로 사냥하는 게 아닌데' 하고.

"들어가겠습니다."

"오, 들어오게."

살이 찐 중년 남자가 자리에서 팔을 벌렸다. 이중영은 공손하게 고개를 숙였다.

"자네 이야기는 많이 들었네. 요즘 유명하다시? 자네를 모르는 사람이 없다더군. 자네 같은 사람이 있어서 카메론의 시민들이 안심하고 잘 수 있는 거야."

"과찬이십니다."

말하는 의원도 듣는 이중영도 민망한 칭찬이었다.

사실 최근에 가장 많이 들리는 이야기는 수현의 이야기였다. 중국에 나타난 괴 몬스터를 직접 가서 처리한 이야기는 한동안 화제가 되었다.

대체 중국에서 나타난 정체불명의 몬스터는 어떤 몬스터였을까? 김수현은 어떤 대가를 약속받고 처리를 한 것일까?

일이 끝나고 나서 수현이 철저하게 노코멘트로 대답했기에 아무도 알 수 없었다.

정부도 감히 수현에게 억지로 알아낼 생각을 하지 못했다.

덕분에 음모론만 무성하게 생겼다. 중국 쪽에서 실험하던 몬스터가 아니냐는 말이 많았다. 책임자들이 듣는다면 억울해서 가슴을 칠 말이었지만 사실 어쩔 수 없었다. 그 주변 경계망이 워낙 철저했으니까.

"카메론 이야기나 해보게. 요즘은 무슨 일들이 있었나?"

"네, 최근에는……."

이중영은 그와 그의 부하들이 했던 일들을 그럴듯하게 포장해서 말했다. 포장 수준만 보면 거의 랩터 사냥이 드래곤

토벌처럼 보일 수준이었다.

의원은 바보가 아니었다. 그는 속으로 헛웃음을 삼켰다.

'나 참, 어이가 없어서…….'

한국이 카메론 관해서 지나치게 눈이 높아졌다는 농담이 나올 정도로 한국은 최근 10년간 위치가 바뀌었다.

원래 차원문 4개국 중에서 한국은 가장 밀리는 위치였다. 중국, 러시아, 미국에 비하면 한국은 국력적으로 밀릴 수밖에 없었다.

그러나 김수현이 등장하고 몇몇 사건을 해결하자 아무도 한국의 위치를 의심하지 않았다.

카메론에서 상대할 수 없는 강력한 몬스터가 나타났을 때 그나마 상대 가능한 사람이 있다면 그건 김수현이었다.

덕분에 국내의 정치인들도 눈이 높아졌다. 김수현이니까 가능한 건데 다른 용병들이나 탐사대가 한 일들을 보면 '에이, 별거 아니네' 하고 넘기게 된 것이다.

김 의원은 수현을 좋아하지는 않았다. 이유는 간단했다. 선거 때 그의 요청을 수현이 매몰차게 거절했기 때문이었다.

'재수 없는 놈, 같이 유세 좀 해달라고 한 걸 그렇게…….'

수현이 아쉬운 게 없는데 미치지 않고서야 그런 짓을 할 이유가 없었다. 그렇지만 원한은 원한. 콧대 높은 김 의원에게 수현은 찍힌 상태였다.

그러나 수현을 좋아하지 않는 의원도 한 가시는 인정할 수밖에 없었다. 김수현의 실력이었다.

그런데 이중영이 저렇게 혀에 기름칠을 하고 떠들어 대니 웃길 수밖에 없었다. 물론 자기 환심을 사려고 이렇게 선물도 들고 온 기특한 사람인데 앞에서 비웃지는 않겠지만…….

"아, 그리고 보니 이번에 중국 쪽에서 몬스터 때문에 한차례 시끄러웠었지."

슬라임 사건. 이중영은 그 말을 듣고 고개를 끄덕이며 받았다.

"예, 의원님. 김수현 씨가 그걸 처리했죠."

"그렇지. 김수현……."

의원은 복잡한 마음으로 고개를 저었다. 그걸 기회라고 봤는지 이중영이 바로 말을 꺼냈다.

"김수현 씨가 대단한 사람인 건 알지만 이번 일은 실수한 겁니다."

"실수라고?"

"중국 쪽에서 일어난 사고잖습니까. 이렇게 말하면 조금 냉정하게 들릴 수 있겠지만, 그런 건 도와줄 필요가 없는 일입니다. 중국 쪽이 약해지면 누가 이익을 봅니까? 우리잖습니까."

"계속 말해보게. 재밌군."

"김수현 씨는 대단한 사람이죠. 그걸 부정할 생각은 없습니다."

진심은 1g도 담기지 않은 가식적인 말투! 서로가 알았지만 아무도 지적하지 않았다.

"그러나 이번 일은 너무 이기적으로 처리한 겁니다. 그렇지 않습니까?"

"그렇긴 하군. 확실히 그 사람은 그런 면이 있지."

'됐다!'

이중영은 여기서 희망을 봤다. 불만 요소가 있다면 이걸 부풀릴 수 있었다.

"의원님께서 한번 따끔하게 훈계를 하시는 게 어떻습니까?"

"뭐라고?"

의원은 어이가 없어서 말을 멈췄다. 그 순간 문을 두드리는 소리가 들렸다.

"요리 나왔습니다."

"갖고 와라."

카메론 몬스터 요리는 미식의 극치였다. 카메론이 발견되고 나서 미식가들의 세계는 뒤집어졌다. 이제 카메론의 요리를 즐기지 않는 사람들은 미식가 취급도 받지 못했다.

진미로 취급받는 어스 드래곤 스테이크를 보자 의원의 입에 군침이 돌았다. 일단 그는 한 입 삼켰다. 금강산도 식후경 아니겠는가.

"김수현 씨가 아무리 대단하다고 하더라도 의원님에 비하면 별거 아니잖습니까? 게다가 의원님의 의견에 공감하는 분들도 있을 테고요. 그런 분들이 같이 말씀하신다면 아무리 김수현 씨라도……."

"음음, 그래."

김 의원은 노회한 의원이었다. 그는 긍정적인 표정을 지었다. 그걸 본 이중영의 얼굴이 환해졌다. 그러나 의원은 전혀 다른 생각을 하고 있었다.

'저 애송이가 누구를 잡으려고…….'

지금 당내의 분위기는 김수현을 건드릴 수 있는 분위기가 아니었다. 애초에 건드릴 수 있는 분위기였다면 이번 중국 몬스터 사건도 어떻게 된 것인지 캐물었겠지. 그걸 못 하니까 김수현이 갑자기 사라졌는데도 그냥 기다리고 있는 것 아닌가!

인공 아티팩트부터 시작해서 김수현은 전적으로 여당에 협력해 주고 있었다. 까놓고 말해서 현 대통령과 거의 직접적인 관계를 맺고 있다고 봐도 됐다.

그런데 저런 사건 때문에 건드린다고?

김수현은 절대로 가만히 있을 사람이 아니었다. 의원은 알수 있었다. 그 순간 바로 반격에 나설 것이다.

그리고 그 상황에 가장 좋아할 사람들은?

바로 야당 의원들이었다. 그들은 줄 수 있는 걸 모두 내밀어서라도 김수현을 데리고 가려고 할 것이다.

장관 자리가 무엇인가. 그들은 정권만 얻을 수 있다면 김수현을 대선 후보로 낼 수도 있었다.

물론 그는 이런 복잡한 정치공학적 사정을 이중영에게 말해줄 생각은 조금도 없었다. 왜냐하면…… 그는 정치인이었으니까!

겉으로는 '그래, 알겠네' 하면서 속으로는 대충 넘겼다. 식사가 마무리되고 대화가 끝나자 이중영은 만족스러운 표정으로 다시 한번 고개를 숙였다.

김수현의 발목을 잡고, 의원의 눈에 들었다. 이 정도라면 만족스러운 성과 아니겠는가?

"그러면 이만 가 보겠습니다."

"그래, 멀리 안 나가겠네. 오늘 식사 고마웠어."

"언제든지 불러주십시오."

이중영이 나가자 보좌관이 물었다.

"어떠셨습니까?"

"뭐…… 사람이 나쁜 사람 같지는 않은데, 좀 허황된 사람이구만."

대놓고 욕을 안 할 뿐, 욕이나 다름없었다. 보좌관은 바로 알아들었다.

"이해했습니다."

"김수현을 공격했다가는 나까지 같이 싸잡힐 수 있는데…… 누구를 잡으려고."

"모르고 그랬을 겁니다. 카메론 촌놈이잖습니까."

"알아. 그러니까 관대하게 넘어갔지. 앞으로 연락하면 적당히 넘기라고."

감정은 감정, 사업은 사업. 의원은 김수현이 싫어도 사업을 망칠 만큼 멍청하지 않았다. 이중영은 적당히 무시할 생각이었다.

"예, 알겠습니다. 식사는 만족스러우셨습니까?"

"어스 드래곤 고기가 맛이 없다면 말이 안 되겠지. 맛은 있었는데……."

"……?"

"저번에 김수현이 갖고 왔던 게 더 맛있었던 것 같아."

"……."

저번 밀약 때 수현은 직접 어스 드래곤을 잡은 다음 회장에게 요리사를 빌려 의원들을 대접하도록 했다. 물론 반응은 열렬했다. 모두가 극찬을 하며 진심으로 '다음에도 불러주시죠'라고 말했다.

물론 수현에게 다음은 없었다. 공짜는 한 번으로 끝. 나오는 것도 없는데 뭐 하러 귀찮은 짓을 다시 하겠는가?

그러나 미식 좀 한다는 의원들에게 그건 환장할 짓이었다.

수현만큼 몬스터와 몬스터 사냥에 해박한 사람도 드물었다. 특히 어스 드래곤은 수현의 전문 중 전문이었다. 그가 선별하고 선별한 놈을 골라서 보낸 것이었으니 다른 어스 드래곤하고는 비교할 수도 없었다.

"쯧, 김수현 저놈은…… 고분고분하기만 하면 참 완벽할 텐데 말이야."

'바랄 걸 바라셔야…….'

보좌관은 그렇게 생각했지만 속으로 삼켰다.

76장
카메론의 바다(1)

지구에서 저런 일이 벌어지고 있는지 상상도 하지 못한 채, 수현은 도시로 돌아왔다.

차원문 연구도, 슬라임에 대한 연구도 좋았지만 그는 오래 자리를 비워둘 수 없었다. 그가 오래 자리를 비우는 것만으로도 사람들은 불안해하게 마련이었다.

엉클 조 컴퍼니의 일원들은 수현의 단독 행동에 익숙해져서 '알아서 잘하겠지' 하고 믿음으로 넘겼지만, 정부나 일반인들은 매우 불안해했다. 카메론은 강력한 초능력자라도 언제 비명횡사할지 모르는 곳이었다.

"팀장님, 손님 와서 기다리고 계시는데요."

"누구? 잠깐, 안에 들여보냈어? 내가 잡상인 들여보내지 말라고 했잖아."

"누가 잡상인이냐!"

익숙한 목소리가 안에서 들렸다. 큰 덩치에, 언제나 힙합 좀 할 것 같은 옷차림으로 돌아다니는 흑인 남성. 누가 저 사람을 미국에서 손꼽는 부자로 생각할까 싶었다.

"잭 씨, 좀 조용히……."

"알겠어, 알겠어."

회장이 보낸 소피아는 잭과 이미 아는 사이인 듯, 그에게 주의를 줬다.

수현은 앉으라고 손으로 가리켰다.

"무슨 일로 왔나? 일단 앉으라고."

"그래, 앉…… 잠깐, 어디에 앉으라고?"

주변에는 의자가 없었다. 수현은 흙에서 암석을 솟구치게 만든 후 그 위에 앉았다. 그리고 잭은 그런 능력이 없었다.

"뭐야, 의자도 못 만드나? 그러면 그냥 바닥에 앉아."

"……."

초능력 갖고 무시당하는 건 잭에게 정말 신선한 경험이었다. 보통 그런 일은 없었으니까.

"그래서, 무슨 일로 왔나?"

"좋은 일이 있어서 찾아왔는데……."

"소피아, 내가 잡상인 들여보내지 말라고 하지 않았나?"

"정말로 좋은 일이라고! 너 이 사식! 초능력 좀 세다고 자꾸 사람 무시할 거냐?"

자기가 갖고 온 일을 '좋은 말씀 전하러 왔습니다' 수준으로 취급하는 수현의 모습에 잭은 울컥했다. 그러나 그는 참고 입을 열었다. 아쉬운 건 그였으니까.

"요즘 회장이 뭘 하고 다니는 줄 아나?"

"몰라, 관심도 없어. 요가 배우나? 이렇게 하면 당신도 오래 살 수 있다고 강연하고 다니나?"

"……서쪽을 공략할 준비를 하고 있다."

사실 회장이 장수에 관한 강연을 다른 재벌들에게 하고 다니는 건 사실이었다. 수현은 농담 삼아서 한 말이었지만.

중년을 넘어가는 재벌들에게 회장은 롤모델이나 다름없었다. 거대한 부와 권력에, 무엇보다 건강한 육체로 장수하는 것까지. 카메론에서 가장 많은 걸 얻어낸 재벌이나 다름없었다.

그들은 회장이 저렇게 젊게 오래 살 수 있는 비밀이 카메론에 있다고 믿었다. 그리고 그 믿음은 딱히 틀린 게 아니었다.

"서쪽?"

보통 카메론에서 방향의 기준은 차원문이었다. 북쪽으로는 러시아와 중국, 남쪽으로는 미국과 한국의 활동 영역이 펼쳐져 있었다. 동쪽은 최근에 길이 열린 호수 너머의 공간이었고…… 서쪽은 아무도 건드리지 않는 카메론의 바다였다.

"회장이 드디어 미쳤나? 하긴…… 그럴 때가 되기는……."

"아니야, 이 자식아! 인공 아티팩트가 있잖아!"

"아하."

수현은 고개를 끄덕였다. 무슨 말인지 알 것 같았다.

카메론의 바다를 공략하면서 가장 위험한 건 그 안에 있는 몬스터들이었다. 지상일 경우 위치를 확인하고 만약의 경우 후퇴가 가능했지만 바다 위에서는 그게 곤란했다.

초능력자가 아닌 배가 공격당하는 순간 안에 있는 초능력자들도 절반은 죽은 것이나 마찬가지였으니까.

바다 안에 들어가서 싸우기에 인간은 너무 연약했다. 초능력자라도 체력의 한계가 있었다.

그렇다고 배를 보호해 가면서 싸우기에는 너무 소모가 컸다. 그렇기에 카메론의 바다는 이제까지 제외 대상으로 남겨진 것이다.

그러나 인공 아티팩트는 발상의 전환을 가지고 왔다. 방어막 인공 아티팩트는 기존의 초능력자들이 힘을 모아서 배를 지키는 것보다 몇 배는 더 강력하게 배를 지킬 수 있었다.

탐지 인공 아티팩트는 기존 레이더의 한계를 뛰어넘어 모습을 숨기고 접근하는 몬스터도 찾아낼 수 있게 만들었다.

"탐지용 인공 아티팩트는 왜 만드나 했는데, 이럴 때 쓰려고 만든 거였어?"

방어막이나 공격용을 만들어도 시간과 자원이 모자랄 시간에 왜 그런 보조용을 만드나 했는데, 이런 그림을 그리고 있었나.

"원래 회장은 가장 과감하게 투자하는 사람이니까."

"겁도 없군. 그러다가 인공 아티팩트 몇 개 날리고서 눈물 좀 흘려야 겁이 생기려나. 그래서 공략 준비는 잘되어 가고 있나?"

"일단 소규모로 탐사대를 보내서 길을 찾고 있다. 목적은 근해의 섬들이야. 처음이라 시행착오를 겪었지만 결과는 나름 괜찮아."

말이 소규모지 카메론에 배를 띄운다는 것부터가 절대 소규모는 아니었다. 들어가는 비용부터가 어마어마했다. 그러나 회장은 망설이지 않고 투자했다.

돈은 어차피 썩어나고, 결과가 나오면 그건 다시 돈이 됐다. 망설일 이유가 없었다.

"아마 대형 함선보다는 소형으로 가볍고 빠르게 움직이는 게 좋겠지. 굳이 거대한 놈 끌고 가서 바닷속 몬스터들을 자극할 필요는 없으니까. 방어막은 작동하지 말고 탐지 아티팩트를 먼저 컨 다음, 함선들의 간격을 벌린 다음 한 대가 공격받으면 방어막을 작동시키는 게 좋겠지. 에멜늄이 무한한 건 아니니까. 아, 벌써 그렇게 하고 있나?"

"……!"

잭은 놀랐다. 여러 분야의 전문가가 모여서 어떤 식으로 탐사를 해야 할지 계획을 먼저 세웠다. 그리고 시행착오를 또 겪었다. 그 모든 걸 거치고 나온 결과가 저 방법이었다. 그런데 수현은 저 우스꽝스럽게 생긴 의자에 앉아서 5분 만에 방법을 제시한 것이다.

'다음에는 회장이 뭔가를 한다고 할 때 그냥 김수현을 부르라고 해야겠군.'

회장이 갖고 있는 싱크 탱크가 별 쓸모가 없는 느낌이었다.

"어…… 그렇게 하고 있다."

"하긴, 당연히 그렇겠지. 회장 주변 사람들도 나름 머리가 좋은 사람들일 텐데 말이야. 내가 너무 걱정을 했나 봐."

"하, 하하! 그렇지!"

"그런데 그걸 왜 나한테 와서 직접 말하지? 이게 좋은 이야기야? 좋은 이야기면 회장이 나한테 직접 와서 말했을 텐데?"

인공 아티팩트 대부분의 권리를 수현이 갖고 있었지만, 회장도 몇 개 정도는 독자적으로 쓸 수 있었다.

그걸 갖고 저런 탐사에 쓰는 걸 뭐라고 할 생각은 없었다. 그렇지만 괜찮은 결과가 나오면 회장이 직접 수현에게 말을 할 것이다. 딱히 그렇게 약속을 하지는 않았지만, 회장은 분명 그럴 것이다. 왜냐하면…… 그가 그렇게 말하지 않으면 수현도 뭔가 나왔을 때 회장에게 공유를 하지 않을 거라는 걸 회장도 잘 알고 있었기 때문이었다. 그렇게 되면 아쉬운 건 언제나 회장이었다.

"아, 그게 어떻게 된 거냐면……."

잭은 손바닥을 비비며 잠깐 망설였다. 그걸 본 수현은 심드렁한 표정으로 말했다.

"뭔가 아쉬운 이야기를 하러 왔나 보군."

"……!"

"회장이 보냈나?"

"회, 회장이 나한테 명령할 수는 없어!"

"그러면 둘의 이해가 일치했나?"

'저거 독심술이라도 익힌 거 아냐?'

잭은 포기하고 고개를 끄덕였다.

"탐사에 도움을 좀 받을 생각이었다."

"도움을?"

수현은 의아하다는 듯이 잭을 쳐다보았다. 그가 인류 중에서는 가장 뛰어난 초능력자기는 했지만 잭도 약하지는 않았다. 미국의 초능력자 중에서 손꼽히는 건 아무나 할 수 있는 게 아니었다.

"바다에 몬스터라도 나왔나? 그러면 그냥 싸우지 말고 피하는 게 나을 텐데."

"아니, 그런 게 아니야. 근해의 섬이 목표라고 했잖아? 섬을 확인해 가고 있는데 유적을 하나 발견했어."

지하 유적. 언제나 탐험가들의 마음을 설레게 하는 카메론의 보물 창고였다.

물론 그 안에 아무것도 없을 수도 있었고, 강력한 함정이 있을 수도 있었고, 심지어 몬스터가 있을 수도 있었다. 그러나 탐험가들이 그런 것 때문에 탐험을 안 하지는 않았다.

잭이 이끄는 이클립스가 기업들에 후원을 받아가며 일하는 이유는 하나였다. 그들이 원하는 탐험을 하기 위해서.

"그 유적지가 정말 그럴듯한 곳이거든? 내 감으로 봤을 때 분명 대박이야."

수현의 표정이 점점 더 심드렁하게 변해갔다. 그도 카메론의 탐험가들은 잘 알고 있었다. 일반인들에게 카메론의 탐험가나 용병은 비슷하게 취급받았다. 몇몇은 초능력자고 몬스터 상대에 스페셜리스트고…….

그러나 둘은 하는 일이 달랐다. 용병은 돈 주는 사람들의 의뢰를 받고 이미 정보를 얻은 곳에 가서 안정적으로 수입원을 만들어냈다. 그에 비해 탐험가들은 정보가 없는 곳에 가서 뭐가 있는지 찾아내는 게 주목적이었다.

당연히 탐험가들은 용병들보다 덜 현실적이고, 더 낭만을 좇는 사람들이었다.

용병보다 더 허풍을 잘 치는 놈들.

그게 수현 안에서 탐험가의 이미지였다. 어딘가 탐험을 하러 갈 때 투자를 받으려면 있지도 않은 것에 대해 그럴듯하게 떠들어야 하니 입심이 좋을 수밖에 없었다.

그리고 잭이 이끄는 이클립스는 탐험가들 그룹의 정점이라고 봐도 과언이 아니었다.

"그래그래, 대박이겠지."

"진짜라니까? 내가 이런 걸로 널 속일 것 같나?"

"네가 나를 안 속이더라도 유적지는 널 속일 수 있지. 왜 대박 같은데? 네 감이라는 소리는 하지 말고. 전혀 안 믿기니까."

"……."

잭은 억울함이 가득 몰려왔다. 탐험가도 탐험가 나름이었다. 그에게 투자하는 기업들에 가서 '내 감이다!'라고 말하면 기업들은 보통 그걸 존중해 줬다. 잭은 그럴 만한 위치였으니까.

그러나 수현은 그의 감을 길거리에 굴러다니는 돌멩이처럼 취급하고 있었다.

'이 자식…… 초능력 좀 세고 머리 좋고 부하들 잘 이끌고

냉정하고 카메론에 대해 잘 안다고 나를 이렇게 대해?'

생각하고 보니 그럴 만도 했다. 잭은 빠르게 포기하고 설득 모드로 돌아섰다. 그가 아쉬웠으니까.

"원래 유적지는 대부분 이종족이 세우잖나."

"그렇지."

"이 섬에 있는 유적지는 이제까지 발견된 이종족 문자와 전혀 달라."

"……?"

수현은 잠깐 멈칫했다. 이제까지 발견된 이종족들의 문자와 다르다니.

"그냥 시대가 다른 거 아니야? 지역이 달라서일 수도 있고."

"아무리 그래도 어느 정도의 공통점은 있잖아! 우리가 간 곳이 엄청나게 먼 곳도 아니고, 차원문이 생기기 전에는 근해였으니 어느 정도 교류가 있었을 거라고. 언어학자들이 말하는 걸 보니까 완전히 다른 문자라고 하더라. 공통분모가 하나도 없다네! 어때, 관심 생기지 않나?"

"신기하기는 한데, 관심은 아직. 그러니까 아예 다른 이종족이다? 엘프, 드워프, 오크, 다크 엘프 같은 종족이 아닌?"

"그럴 가능성이 있다는 거지. 그리고 그런 놈들의 유적에서 뭐가 나올 것 같나?"

"그거야 모르는 일이지. 잠깐. 그런데 그걸 떠나서, 내 도움은 왜 필요한 거지? 뭐가 있는데?"

"저번과 비슷해."

"……?"

"장애물이 있는데, 우리 힘으로는 부술 수가 없어."

잭은 민망함으로 얼굴이 붉어지는 걸 느꼈다. 굴욕 중의 굴욕이었다. 몬스터 처치도 아니라 장애물 하나 못 부숴서 이렇게 말을 해야 한다는 것이 특히.

"흠, 그거 말고는 다른 건 없고?"

"입구 부분에서 막혔는데 다른 걸 어떻게 알겠어."

"여기에 끼어든 다른 기업도 있나?"

"전혀, 회장이 전적으로 지원하고 있어."

"그러면 나오는 걸 나눠도 별 불만이나 문제는 없겠군."

"……그렇겠지."

당당하게 먼저 가져가겠다는 말을 꺼냈지만 잭은 지적하지 않았다. 실제로 오기 전에 이미 회장과 이야기를 해둔 상태였다.

"그놈이 그냥 오지는 않을 텐데."

"돈으로 섭외가 되겠습니까?"

"되겠냐? 머리가 있으면 생각을 해라."

"……그러면 다른 건?"

"뭐…… 유적에서 나오는 걸 나눠가야겠지. 놈에게 우선권을 준다고 해."

"회장님은 괜찮겠습니까?"

"내가 괜찮아 보이냐? 응?"

잭은 물어본 걸 후회했다. 회장의 얼굴은 안타까움으로 가득했던 것이다. 회장의 욕심은 절대 끝이 없었다.

"너희들만으로도 깰 수 있을 거라고 생각했는데, 안 돼서 결국 부르는 거잖나!"

수현을 부르지 않고 이클립스를 동원한 건 간단한 이유였다. 이클립스를 데리고 유적을 돌파하면 나온 걸 회장이 먼저 가져갈 수 있었다. 그러나 수현을 데리고 유적을 돌파하면 나온 걸 수현이 먼저 가져갔다. 회장에게는 극과 극의 차이였다.

"죄, 죄송합니다."

"됐다. 안 되는데 어떡하겠나. 김수현이나 잘 설득해서 데리고 와. 다른 일 있으면 우선권으로도 협상이 안 될 테니까."

"그러면 어떻게 합니까?"

"뭘 어떻게 해. 네가 억지로 데리고 올 수 있어?"

"……."

"안 되면 포기하고 기다려야지."

회장은 냉정했다.

욕심은 욕심이고, 안 되는 건 안 되는 거였다. 뚫을 수 없는 유적지에 억지로 인재들을 보낼 수는 없었다.

카메론에서 온갖 일을 진행시켜 보고 얻은 교훈은, 안 되는 일은 안 된다는 걸 받아들여야 한다는 것이었다.

"그러면 한번 해볼까."

잭은 안도의 한숨을 내쉬었다. 다행히 수현의 상황이 맞아떨어진 모양이었다. 그가 하지 않겠다고 뻗대면 데리고 갈 수가 없었다. 그렇다고 기다리기에는 잭은 인내심이 강하지 않았다.

"아주 잘 생각했어! 절대 후회하지 않을 거야."

"그렇게 말하니 벌써 불안해지는데. 일단 안으로 들어가자고. 자세한 정보를 들어야 계획이든 뭐든 세우지."

"바다는 괜찮나? 경로에 몬스터는 없었고?"

"대형 몬스터를 한 번 만나기는 했었는데 먼저 찾아내고 선공을 해서 쫓아냈어. 그렇게 난폭한 놈은 아니더군."

"오, 데이터는 있나?"

"여기, 촬영 기록이야."

지구의 상어 비슷하게 생겼지만 훨씬 더 강력했다. 지구의 상어는 맨몸으로 전함을 부술 수 없었지만 카메론의 상어는 가능했다.

"쫓아냈다고?"

"그래, 공격을 받으니까 도망치더군."

"그 뒤로는 별일 없었고?"

"아직까지 없었다."

"그러면 괜찮다고 봐도 되려나."

몬스터 중에서 교활한 놈은 도망쳤다가 기회를 노리기도 했다. 그러나 그것도 한계가 있었다. 놈들이 인간처럼 오래 기다릴 수 있는 건 아니었다. 이 정도로 잠잠하다면 도망친 게 분명했다.

'덜 난폭하고 학습 능력이 있는 놈 같군.'

"그러면 길은 괜찮은 것 같고…… 유적으로 돌아와서, 섬이라고?"

"그래."

잭은 만들어진 지도를 입체 영상으로 켰다. 이클립스는 절대로 실력이 없는 이들이 아니었다. 그들이 만든 지도는 필요한 정보는 모두 포함하면서도 군더더기가 없었다.

"삭막하군. 다른 몬스터는?"

"하나도 없어. 좋지 않나?"

"유적지에 아무것도 안 살면 그건 그거 나름대로 찜찜하다고."

카메론에서 몬스터가 있다는 건 그 몬스터가 살아갈 만한 조건이라는 뜻이었다.

몬스터 중에서 일반적인 방식으로 살아가지 않는 몬스터도 있었지만, 그런 놈들은 소수에 불과했다. 대부분은 먹을 걸 먹어야 살 수 있었다.

유적지가 있다는 건 그걸 만든 놈들이 예전에 있었다는 것. 그런데도 그 주변에 살아 있는 존재가 아무도 없다는 건 뭔가 일이 있었다는 뜻이었다.

'설마 여기도 유령 계열 몬스터가 나오거나 하지는 않겠지.'

카크리타 계곡의 유령들이 어떻게 나오게 된 건지는 호우 얀에게 들어서 알게 되었다. 그러나 꼭 그런 이유로만 나오는 것은 아닐 테니 여기서 뭐가 나와도 놀랍지는 않았다.

"장애물은?"

지도의 영상이 바뀌었다. 섬 중앙에 위치한, 자연적으로 형성된 동굴이 나타났다. 그러나 그 안은 달랐다. 분명 인공적으로 만들어진 계단이 지하로 이어졌다.

"잘 만들었군. 그래서 장애물이 뭔데? 벽? 함정?"

"여기."

"……?"

수현은 아무것도 없는 영상을 보고 고개를 갸웃거렸다.

"가운데에, 안 보이나?"

"이건 그냥 갑옷…… 잠깐, 이게 장애물이라고?"

벽에 걸린 장식용 갑옷인 줄 알았다. 고풍스러운 데다가 이종족만의 독특한 양식을 갖고 있는 전신 갑옷. 잭은 계속 보라는 듯이 어깨를 으쓱거렸다.

탐험가 중 한 명이 발을 디디자 갑옷이 벽에서 떨어져 철 컥거리는 소리를 내며 앞에 섰다.

―뭐야?!

전혀 예상하지 못한 모습에 탐험가는 당황해서 뒤로 거리를 벌렸다. 헤이스트를 쓰고 있었는지 보통 빠른 게 아니었다. 그걸 본 수현은 물었다.

"이건 장애물이 아니라 몬스터잖아?"

"아니, 장애물에 가까워."

동료가 물러나자마자 바로 움직이는 갑옷을 향해 공격이 들어갔다. 잭이 직접 나섰는지 좁은 통로에 강력한 화염이 들이닥쳤다. 통로의 옆면이 녹아내리는 것이 보일 정도였다.

그러나 갑옷은 멀쩡했다.

-……?

수현은 영상 속의 탐험가들이 얼마나 당황했는지 느껴졌다. 카메론에서 제일 당황스러울 때가 저럴 때였다. 공격을 했는데 공격이 전혀 먹히지 않았을 때.

몬스터가 공격을 받고 대미지를 입으면 계속 싸울 생각이 들었지만, 공격 자체가 통하지 않는다면 생각이 달라졌다.

유령 몬스터나 슬라임도 비슷했다.

-거리를 벌려!

갑옷은 그 크기와 겉모습에 비해 움직임이 빨랐다. 그림자처럼 소리 없이 조용히 움직이는 걸 보며 수현은 말했다.

"이거 실체가 없나?"

"……!"

"뭘 놀라. 네 공격에 대미지 하나 안 입고. 이렇게 생겼는데 소리 하나 안 내고 빠르게 움직이면 실체가 없다고 봐야지."

"…….."

잭은 조용히 감탄하며 입을 다물었다. 밖으로 내뱉지는 않았다. 이미 충분히 자존심이 상한 상태였기에.

-으아악!

　탐험가들이 거리를 벌린다고 해도 가장 뒤처지는 사람은 나오게 마련이었다. 결국 불운한 사람 한 명이 갑옷에게 붙잡혔다.

　파식!

　기묘한 소리와 함께 갑옷은 탐험가의 몸으로 파고들었다. 마치 갑옷을 강제로 입히기라도 한 것 같았다.

　"……."

　둘은 조용히 그 광경을 쳐다보았다. 얼마 지나지 않아 갑옷이 떨어져 나왔다. 그리고 다시 통로 벽으로 돌아갔다. 탐험가는 쓰러져서 움직이지 않았다.

　"설마 죽었나?"

　"아니, 그렇지만 엄청나게 약해졌어."

　"약해졌다는 건?"

　"초능력자의 경우, 초능력을 사용하지 못할 정도로 몸이 약해졌어. 일반인의 경우는 그냥 몸 상태 자체가 약해졌고."

　"흡수?"

　"비슷한 것 같아."

　"안 그래도 그거 비슷한 놈을 만났었는데……."

　"응?"

"아무것도 아니야. 그거 말고 다른 건? 쫓아오거나 하시는 않았나?"

"한 명을 붙잡고 흡수하면 더 이상 쫓아오지는 않더군. 이 길목을 완전히 틀어막고 방해하기에 다른 길을 찾아보려고 했지."

조심스럽게 새로운 길을 만드는 건 별로 어려운 일이 아니었다. 수현만 해도 유적을 돌파하고 싶지 않아서 아예 유적 위의 암반을 뚫고 길을 만들지 않았는가.

"길이 막혔나? 아니면 쫓아왔나?"

"어떻게…… 아, 쓸데없는 걸 물었네."

"쫓아왔으니까 날 찾아왔겠지."

"새로 길을 만드는 건 어렵지 않았지. 섬에 온 초능력자가 몇 명이고 모인 인원이 몇인데. 그런데 어느 정도로 내려가면 다시 그 갑옷이 나타나. 어느 순간 나타나더군."

"생명체를 감지하나? 드론 탐사는 해봤어?"

"어?"

잭은 입이 열 개여도 할 말이 없었다. 그래도 변명은 하고 싶었다. 평소의 그라면 막혔을 때 당연히 다양한 방법을 시도해 봤을 것이다.

"어이가 없군. 막혔으면 이것저것 해봤을 거 아니야. 갑옷이 살아 있는 놈만 찾아서 쫓아오면 무생물체를 보내는 것 정도는 당연히 해봐야 하는 거 아닌가? 이제까지 뭘 한 거야?"

그러나 저 이상한 갑옷 때문에 길이 막히자 일행 내에서는 '김수현을 부르죠' 하는 의견이 나왔고, 그도 그 의견이 그럴 듯하다고 생각했다.

김수현이라면 깰 수 있겠지?

그런데 지금 들어보니 그가 너무 안일했다. 원래라면 그가 방법을 생각해서 이것저것 다 시도를 했어야 했는데 그냥 김수현 이야기가 나오자마자 내버려 두고 기다리다니. 나중에 이불 좀 찰 것 같은 창피함!

"다들 오랜만이군. 잘들 지냈나?"

"안녕하십니까?"

"좋아. 그러면 인사를 나누기 전에…… 일단 먼저 들여보내자고."

잭은 다시 민망함에 얼굴을 붉혔다. 수현의 말대로 드론을 들여보내서 길을 찾는 동안, 다른 이들은 수현이 갖고 온 상자를 보고 고개를 갸웃거렸다.

"그게 뭡니까?"

"어…… 저거 알타라늄 아냐?"

"알타라늄이겠냐, 설마. 비슷한 거겠지. 알타라늄으로 저렇게 상자를 만들어서 갖고 다니는 사람이 어디 있어?"

"하하! 그건 그렇지!"

"……."

수현은 조용히 알타라늄 상자를 옆에 던졌다. 안에 슬라임이 있었지만 별로 상관은 하지 않았다. 유적지에서 쓸 일이 있을까 싶어서 갖고 온 놈이었다.

"자, 그래서. 갑옷이 길을 막나?"

"어…… 안 나타납니다."

"좋아, 잘됐네. 계속 길을 뚫어."

수현은 말을 하고 잭을 빤히 쳐다보았다. 잭은 헛기침을 하며 시선을 피했다.

"그, 그래도 결국 사람이 들어가야 할 거 아냐. 그러려면 갑옷을 해치워야 할 거고…… 내가 부른 게 꼭 멍청한 짓은 아닌……."

"그래, 다음부터는 기초부터 생각하라고. 사람 부르기 전에."

둘의 대화를 끊은 건 직원의 보고였다.

"문 나왔습니다."

"폭파시킬 수 있을 것 같나?"

"네, 가지고 간 폭약으로 길을 뚫어보겠습니다."

소리는 크게 나지도 않았다. 견고해 보이는, 무늬 없는 석문은 폭발에도 불구하고 흠집 하나 나지 않았다.

"······?!"

"뭔가 특수한 처리를 한 모양인데."

"양을 늘려서 폭발시켜 보면?"

"흠집 하나 안 났는데 그런다고 달라지지는 않을 거야. 어떻게 된 건지 보려면 직접 내려가야겠군."

석문 앞까지 다른 몬스터나 함정이 없다는 건 드론으로 확인이 끝났다. 별로 위험하지도 않은 일이었다. 물론 갑옷을 빼고.

"갑옷을 처리해야 하잖아?"

"그렇지."

"처리할 방법은 떠올랐나?"

"내가 뭐 모든 몬스터에 대한 처리 방법을 다 갖고 있는 사람으로 보여?"

"아니, 그건 아니지만······."

"뭐, 일단 시도해 볼 방법은 있지만."

'XX, 있는 거 맞잖아······.'

아니라고 부정하기에는 수현이 이제까지 했던 일들이 너무 대단했다. 몬스터든 장애물이든 그에게는 별다른 문제가 되지 않았었다. 저번 골렘도 결국 그가 해결한 문제 아닌가.

"아, 내려가기 전에 잠깐만."

"……?"

"회장이 이번 일 때문에 사람 좀 고용했거든."

"무슨 사람?"

"만약의 일이 생겼을 때 갑옷한테 대신 붙잡혀 줄 사람."

"……."

"이 사람들도 다 돈 받고 하는 거거든? 체력 좀 잃고 평생 놀고먹을 수 있는데, 누가 싫어하겠어?"

"알겠어. 같이 들어가자고."

"그런데 어떤 식으로 상대할 거지? 실체도 없는 상대를?"

"실체가 없다고 해서 공격할 수 없는 건 아니야. 유령도 초능력에는 대미지를 입지."

"하지만 거의 안 입잖아?"

"그래, 그게 문제야. 게다가 저 갑옷을 보니 뭔가 특별한 회피 능력이 있는 것 같아. 네 화염 능력에도 털끝 하나 다치지 않을 걸 보니까."

멀리서 갑옷이 보였다. 수현은 특유의 눈으로 주변을 확인했다. 갑옷에서는 기운이 느껴지지 않았다.

'저런 식으로 실체가 없는 놈이 기운을 가지지 않을 리가

없는데?'

"여기서 더 접근하면 놈이 움직일 거야. 어떻게 할 거지?"

어쨌든 할 일은 해야 했다. 수현은 상자에서 슬라임을 꺼 냈다. 안에서 슬라임이 나온 걸 본 사람들은 신기하다는 듯 이 쳐다보았다.

"그거 슬라임이야? 어디서 구한 거지?"

"귀엽게 생겼는데?"

중국인들이 들었다면 기겁할 소리였다. 수현은 슬라임을 들고 앞으로 던졌다. 일단 살아 있는 것에 반응한다면 슬라 임에게도 반응할 테니까.

스르륵!

"움직인다!"

"저 슬라임을 덮치려는 건가?"

"슬라임으로 뭘 하려고……?"

수현은 별 기대 없이 쳐다보았다. 반쯤은 슬라임이 저 갑 옷에게 당하더라도 괜찮다는 생각이었다.

슬라임이 그를 따라다니기는 했지만 솔직히 위험하게 느 껴질 뿐이었다. 무슨 생각을 하는지도 모르는 생명체를 어떻 게 옆에 둘 수 있겠는가.

카직!

순간 갑옷에서 기운이 피어오르기 시작했다.

'아하, 붙을 때 실체화되는 건가.'

갑옷이 착용이 될 때 실체화가 되고, 그 이외의 순간에는 실체화가 되지 않음으로써 공격을 피한다. 영리한 방법이었다.

'이런 몬스터가 있을 것 같지는 않고…… 누가 만든 거지?'

이런 건 자연 발생한 몬스터가 아닌 누군가 만든 아티팩트에 가까웠다. 들어오는 침입자를 막기 위한 물건.

"수현, 수현! 내 말 안 들려?"

"어? 무슨 말을 했는데?"

"앞에 보라고! 저 갑옷!"

갑옷이 슬라임 수준으로 줄어들어서 놈의 표면을 완전히 덮고 있었다.

전신 갑옷으로 무장한 둥그런 슬라임은 코믹한 만화에 나올 만한 생김새였다. 실제로 뒤에 있던 사람들은 그걸 보고 탄성을 내질렀다. 슬라임의 정체를 아는 사람들은 질색을 했지만.

"갑옷이 이겼나? 어쩔 수 없군. 슬라임은 버리고 다른 방법을……."

실체화됐을 때 파괴시키면 쉽게 될 것 같았다. 적당한 동물을 던져두기만 해도 덥석 물을 테니까.

"아니, 잘 보라고! 움직이잖아!"

"뭐?"

갑옷을 입은 슬라임이 통통 튀며 수현 앞까지 걸어왔다. 수현은 어이가 없다는 눈빛으로 슬라임을 내려다보았다.

"이거 힘을 흡수하는 갑옷 아니었어?"

"분명 그랬는데……?"

"제대로 확인한 건 맞나?"

"병원에 누운 놈들 사진이라도 찍어서 보내줄까? 그건 확실하다고!"

가까이 오려는 슬라임을 옆으로 밀어내며 수현은 놈을 다시 한번 확인했다. 역시 멀쩡했다. 누가 보면 슬라임에게 갑옷이라도 입힌 줄 알 것이다.

"그런데 저 슬라임은 대체 뭐야? 이럴 줄 알고 여기 갖고 온 건가?"

잭은 솔직히 감탄했다. 수현은 여기에 처음 오는 것이다. 물론 정보야 오기 전에 확보한 것으로 얻었지만, 카메론에서는 현장에서만 얻을 수 있는 정보들이 있었다.

탐험가들이 괜히 몸으로 직접 뛰는 걸 선호하는 게 아니었다. 현장에서 확인해야만 가장 정확히 알 수 있었으니까.

그런데 수현은 정보만 듣고서도 어떻게 행동해야 할지 정확하게 파악한 것이다. 저 수상쩍은 갑옷을 어떻게 처리해야 할지도 바로 말이다.

물론 수현은 그런 생각으로 갖고 온 게 아니었다. 슬라임을 처리할 수 있나 싶어서 갖고 온 것이었다.

'저 슬라임은 대체 뭐로 만들어진 놈이길래 저렇게 잘 견디는 거지?'

수현은 속으로 투덜대며 슬라임을 쳐다보았다. 어쨌든 장애물은 막은 것이나 다름없었다. 수상쩍은 놈에게 수상쩍은 물건을 씌워준 게 영 기분이 찜찜했지만…….

뭐 어떤가. 일단 장애물은 제거한 셈이었다.

"내려가자고."

"못 부순 이유가 있었군. 물리적인 충격을 흡수하는 것 같아. 알타라늄도 좀 섞은 것 같은데. 초능력도 어느 정도는 견디겠군."

"어떻게 뚫을 생각이지?"

수현은 손을 들어 석문을 후려쳤다. 소리 하나 나지 않고 주먹이 그대로 문에 파고들었다.

"……!!"

"이렇게."

부드러운 두부를 칼로 자르는 것처럼 수현은 손으로 두꺼운 석문을 잘라 버렸다.

잭은 입이 벌어지는 걸 참아야 했다. 수현의 초능력이 강하다는 건 알고 있었지만 저런 것도 가능할 거라고는 생각한 적 없었다.

그러나 그 놀라움은 석문 안의 풍경과 비교한다면 사소한 놀라움일 뿐이었다.

"이게 무슨……?"

석문을 열고 원형 통로로 들어선 사람들은 모두 탄성을 내뱉었다. 옆으로 카메론의 바다가 한눈에 들어왔던 것이다. 마치 해저터널 같은 구조였다.

"이거 어떻게 유지되고 있는 거지?"

실제 벽이 없는데도 바닷물이 들어오지 않는다는 건 신기하면서도 동시에 겁을 줬다.

그러나 수현은 아랑곳하지 않았다. 어차피 염동력으로 막을 자신이 있었으니까.

"그건 나중에 생각하고. 일단 계속 내려가자고. 어디까지 이어진 건지 궁금하군."

가파르게 아래로 난 길이었기에 아래로 빠르게 내려갈 수 있었다. 거의 바다 가운데에 난 수직 통로라고 봐도 과언이 아니었다.

"……끝인가?"

그리고 더 이상 내려갈 곳이 없었고, 주변은 온통 어둡고

검푸른 물뿐이었다. 같이 내려온 사람들도 황당하다는 표정을 지었다.

"너희들은 누구냐!"

"……?!"

여기서 그들에게 말을 걸 거라고는 상상도 못 했는지, 누군가 한 명이 살짝 넘어지려는 게 보였다.

바닷속에서 반짝이는 두 개의 눈동자가 보였다. 어딘가 익숙한 생김새였다.

"오크?"

"오크 맞지?"

"오크가 왜 바닷속에서 살아?"

"시끄럽다! 따라와라!"

조금 피부색이 창백하고 키가 작은 걸 제외하면 거의 오크나 다름없었다.

탐험가들은 오크가 하는 소리는 듣지도 않고 그의 모습에 놀라워했다.

대체 이 바닷속에서 뭘 하고 있는 거지? 물속에서 숨은 어떻게 쉬는 거고?

"내 말이 안 들리나!"

위협이 무시당하자 오크는 어이가 없었는지 창을 흔들며 외쳤다. 그걸 본 잭의 부하, 하워드가 나섰다.

"이봐, 오크. 오크 맞나? 일단 오크라고 하자고. 우리가 지금 이러는 이유가 있어."

"……."

"첫 번째로, 따라오라는데 여기서 어디로 따라오라는 건지 모르겠다는 거야. 여기는 물이 안 들어오지만 나가는 순간 물이 들어올 거 아니야? 우리는 익사하기 싫다고."

"멍청한 소리를 하는군."

오크는 물속에서 창대를 휘둘렀다. 그러자 그 주변의 물이 사라지며 공간이 만들어졌다.

"……!"

"저 창이 아티팩트야."

눈으로 바로 정체를 알아본 수현이 그렇게 말하자 오크가 놀란 눈으로 수현을 쳐다보았다.

"엘프, 다크 엘프는 알겠는데…… 너희는 누구지?"

오크는 인간을 처음 보는 것 같았다. 수현은 어깨를 으쓱거렸다. 아무나 대답하라는 뜻이었다.

"인간이다."

"인간? 그게 무슨…… 됐다. 따라와라! 왜 여기에 왔는지 이야기를 들어야겠다."

"아, 오크, 왜 이러는지 두 번째 이유를 말해주지. 네가 우리를 잘 몰라서 그러는데, 넌 우리한테 명령할 수 없어. 넌 그럴 능력이 안 되거든."

하워드는 오만하게 말했다. 그리고 그건 사실이었다. 저 위의 지상에서 그들을 좀 안다 싶은 이종족들은 결코 무례하게 행동하지 않았다. 그들의 실력을 알기 때문이었다.

심지어 지금은 김수현도 옆에 있었다. 저 오크가 창이 아니라 다른 무언가를 들고 협박하더라도 전혀 두렵지 않았다.

당연히 오크는 그 말을 듣고 분노했다.

"감히!"

탐험가들은 바로 움직였다. 각자 아티팩트를 꺼내거나 초능력을 쓸 준비를 한 것이다. 그러나 수현은 손을 뻗어서 그들을 말렸다.

"……?"

"아, 김수현 씨가 직접 나서서 패시게요?"

"……그런 게 아니라, 얘네들을 좀 존중해 주자고."

"네??"

"자기네가 있는 곳에 처음 보는 놈들이 우르르 몰려왔잖아. 저렇게 반응하는 것도 이상하지는 않지."

"……???"

이클립스의 탐험가들도, 엉클 조 컴퍼니의 대원들도 경악한 눈빛으로 수현을 쳐다보았다. 수현이 저런 소리를 할 거라고는 상상도 못 했던 것이다.

잭은 조용히 김창식에게 속삭였다.

"저거 김수현 맞지? 뭐 잘못 먹었다거나……."

"그, 그런 것 같은데……."

"나 멀쩡하다. 내가 매번 폭력적인 수단을 쓰는 건 아니잖아?"

"예??"

"아니, 그건 아닌 것 같……."

"닥치고, 일단 따라가자고."

수현이 이렇게 말하는 이유가 있었다. 이 오크가 그들을 어디로 데리고 가려고 하는지 궁금해진 것이다. 여기서 괜히 오크를 제압했다가 길이라도 막혀 버린다면 많이 아쉬울 것 같았다.

'어떤 식으로 갈 수 있는 거지?'

"머리가 돌아가는 놈이 하나는 있었군."

오크가 비웃음을 흘리며 말했다.

"잘 생각했다. 나는 일족의 전사 중 가장 뛰어난 전사다. 내 말을 듣지 않고 나와 싸우려고 했다면 너희들은 다 죽었을 거다."

"저거 미친 거 아니냐?"

"내버려 둬. 어차피 좀 있으면 두들겨 맞을 거다."

수현 앞에서 건방지게 떠드는 오크를 보며 사람들은 고개를 저었다. 그들은 수현을 믿었다. 정확히 말하사면 수현의 더러운 성격을 믿었다. 지금은 가만히 있지만 저건 다 기록이 되어서 나중에 돌려받게 될 것이다.

"따라와라! 여기에 어떻게 들어오게 된 건지 설명을 들어야겠다."

수현은 다른 이들에게 여기서 기다리라고 신호를 보낸 다음 오크의 뒤로 붙었다. 몇 걸음 걷고 나서 오크는 뒤를 돌아보았다. 수현을 제외한 다른 사람들은 따라오지 않고 있었다.

"왜 너만 따라오냐?!"

"다른 사람들은 저기서 기다린다네. 안내해."

만약에 일이 생길 경우 다른 사람들까지 보호하면서 싸우는 건 귀찮았다. 수현 혼자만 있으면 대응하기가 편했다.

"안내라니. 너는 지금 나한테 잡혀서……."

"그래, 무슨 소리든 간에. 나를 데리고 간 다음 나중에 다시 와서 잡으면 되지 않겠어? 너 혼자서 저 인원을 다 데리고 가는 건 힘들 테니 나만 대표로 나온 거야."

수현의 말이 그럴듯했는지 오크는 잠깐 고민하다가 고개를 끄덕였다. 그걸 본 수현은 오크에 대한 생각을 바꿨다. 생각보다 훨씬 더 멍청한 놈이었다.

"좋다. 일단은 한 명만 데리고 가도 되겠지!"

깊은 바다 안의 길을 걷는 건 이상한 기분이었다. 오크 덕분에 수현은 별다른 힘을 쓰지 않아도 됐지만, 위화감은 쉽게 사라지지 않았다.

"그래서, 너희들은 이런 아티팩트를 쓰지 않아도 여기서 숨을 쉴 수 있는 건가?"

"뭐? 아, 맞다. 그랬지, 육지 놈들은 여기서 숨을 못 쉰다고 들었다. 미개하기도 하군. 크크."

오크는 뭐가 좋은지 웃어댔다. 수현도 마찬가지로 상냥하게 웃어줬다.

"그런데 네 이름이 뭐냐?"

"파하크다. 왜 묻냐?"

"나중에 쓸 일이 생길지도 모르니까. 그래서 너희는 오크 맞나? 오크 맞지? 비슷하게 생겼는데."

"우리는 오크보다 더 우월한 존재다. 우리는 우리를 오크와 구분해서 하이-오크라고 하지."

수현이 보기에 물속에서 산다는 걸 제외하면 별 차이가 없어 보였지만, 수현은 아직까지 친절한 상태였다. 그는 고개를 끄덕였다.

"확실히 오크와는 달라 보이는군."

"당연하지."

수현은 이런 대화가 신선하게 느껴졌다.

카메론에서 이종족들은 대부분 인간과 인간 사회를 알았다. 인간이 차원문을 넘어오고서 백 년이 넘게 지났다. 아무리 오지에서 고립 생활을 하는 이종족들도 정보를 전해 들을 수밖에 없었다.

당연히 이종족들은 인간을 상대할 때 주의했다. 그들에 비해 월등히 많은 숫자와 규모를 갖고 있었으니까.

그러나 이 오크에게서는 전혀 그런 게 느껴지지 않았다. 인간이 뭔지도 모르는 순진함이 가득했다. 잘 구슬리면 지도도 내뱉을 것 같았다.

"그러면 지상의 오크들과는 무슨 관계지?"

"말했잖나. 우리가 더 우월한 존재라고."

"그거 말고. 너희들이 지상에서 내려왔나? 아니면 밖의 놈들이 여기서 올라온 건가?"

"……우리가 아마 내려온 거 같은데…….."

파하크는 갑자기 말끝을 흐리며 우물거렸다.

"그런데 너희들이 더 우월하다고?"

보통 어디에서 다른 곳으로 도망쳤다면 우월하다고 보기는 힘들지 않나?

파하크도 그렇게 생각이 들었는지 말을 돌렸다.

"시끄럽다. 조용히 해라! 허여멀겋게 생겨가지고……."

"도착은 아직 멀었나?"

"다 왔다. 저기가 우리 도시다."

'도시'라고 말하기에는 솔직히 조금 초라했다. 드워프나 엘프, 다크 엘프들에 비해 오크의 건축 기술이 그다지 좋은 편이 아니었다.

하임켄의 오크들은 이종족 중에서 드물게 그런 거대한 도시를 갖고 있는 것이었다. 여기의 수중 도시는 하임켄과 비슷한 양식이었지만 규모는 더 작았다.

"아, 여기인가?"

"그래, 따라와라."

그렇게 말하며 파하크는 창대로 수현을 한 대 찌르려 들었다. 자꾸 입을 놀리는 건방진 놈에 대한 경고의 의미였다.

"빨리 좀 걷지. 참느라 힘들었다."

탁—

"……?"

그가 눈치도 채지 못한 사이 어느새 창은 수현의 손아귀 안에 들어가 있었다.

"파하크, 네가 지상에서 살지 않고 여기 밑에서 있다 보니 모르는 게 많은 것 같구나, 길 안내를 해준 대가로 몇 가지 알려주마."

퍽!

"커헉!"

수현은 주변에 물이 들어오지 않도록 자세를 잡고 창대로 파하크를 후려쳤다. 오크의 몸통이 'ㄱ'자로 꺾였다.

"앞으로는 처음 보는 사람을 보면 대뜸 시비를 거는 것보다는 상대가 어떤 사람인지 먼저 파악부터 해라."

퍽! 퍼퍼퍽! 퍼퍼퍼퍽!

경쾌하게 이어지는 타격. 정교한 싸움 기술의 달인인 수현에 비해 파하크의 전투 기술은 형편없었다. 그는 허우적대며 두들겨 맞았다.

수현의 주변 사람들은 잘 알고 있었다. 수현이 친절하게 굴 때가 가장 위험하다는 것을. 파하크는 그 교훈을 온몸으로 치르고 있었다.

"이, 이러고도, 으악! 무사할, 크아악! 줄 아냐!"

"무사하지 않으면 뭐, 어떡할 건데? 바닷속에서 기어 나와서 공격이라도 하게? 거참, 협박 같지도 않은 협박이군. 내가 밖에서 너 같은 오크를 얼마나 패고 다녔는지 아나? 언제 한번 하임켄에 가게 되면 물어보라고."

"멈춰라!"

그렇게 일을 벌이는데 소란이 들키지 않을 수가 없었다. 도시의 정문 앞에서 파하크를 두들겨 패는 수현을 본 오크들이 물살을 가르며 달려들었다. 그리고 그대로 바닥에 얼굴을 박았다. 그들은 평생 느껴보지도 못한 압력에 몸을 움직이지도 못했다.

"친구들인가? 두들겨 패는 건 이 정도면 됐고, 안내해라. 아까 보니까 길 안내 잘하던데."

"무, 무슨 소리냐?"

"여기의 장(長)이 있을 거 아니야. 안내해."

두들겨 맞아서 정신이 없었지만 파하크도 머리는 있었다. 수현을 들여보내도 되는지 순간 멈칫했다.

그 즉시 그의 머리를 후려치는 창대!

"크악!"

"안내하라고. 몇 대 더 맞을래?"

"알, 알겠다. 그만 때려라!"

그의 평생에 이렇게 외부인이 들어온 일이 없었기에 이 일이 얼마나 심각한 건지 잘 알지 못했다.

파하크는 울며 겨자 먹기로 앞장을 섰다. 그걸 본 다른 오크들은 감히 덤벼들지 못했다.

'여기 괜찮은데?'

밖의 오크들과 비교한다면 몇 배는 유순한 곳이었다.

77장
카메론의 바다(2)

"잠깐, 어디까지 가는 거야?"

"네, 네가 아타파랏 님을 뵙고 싶다고 해서 거기로 가고 있지 않나."

파하크는 그새 기가 팍 죽어 있었다. 생전 처음 보는 외부인한테 정신없이 두들겨 맞은 결과였다.

여기 수중 도시의 오크들은 외부의 오크들과 비교한다면 정말로 온순하고 나약한 편이었다. 그들의 특수한 사정 때문이었다.

카메론의 이종족들은 태어나는 순간부터 어느 정도는 싸움을 각오해야 했다. 아무리 안전한 곳에서 사는 이들이라도 몬스터와 평생 안 만날 수는 없었다. 당연히 단련이 될 수밖에 없었다.

그에 비해 수중 도시의 오크들은 몬스터와 싸운 적이 한 번도 없었다. 그들의 장(長)인 아타파랏 덕분이었다. 그들은 이곳에서 그들이 가장 위대하다고 생각하며 지내왔다.

밖으로 나가지 못하는 건 아니었다. 밖으로 나가봤자 이곳보다 더 위험하고 척박하기만 할 테니 여기에서 계속 머무르는 것이었다.

"아타파랏이라니. 특이한 이름이군."

"아타파랏 님을 그렇게 부르지……."

"뭐?"

"아, 아니다."

아까 그 거만을 떨었던 오크라고는 믿을 수 없을 정도로 약해져 있었다.

수현은 신기했다. 물론 그가 뻣뻣하게 덤비는 사람을 굴복시키는 데에 재주가 있기는 했지만, 이 오크는 좀 지나치게 약한 것 같았다.

보통 오크들은 아무리 두들겨 맞아도 속으로는 반감을 품으면서 반격을 노리는데, 이 오크는 그런 기색 자체가 없었다.

'속임수라도 쓰나?'

"여, 여기다."

파하크는 수현을 보고 조심스러운 목소리로 말했다.

수현은 이해가 가지 않는다는 표정을 지었다. 지금 그의 앞에는 거대한 푸른 벽만 보였기 때문이었다.

"안으로 들어가라는 거냐?"

"무슨 소리를 하는 거냐? 아타파랏 님이다."

"……?"

파하크는 손으로 저 멀리를 가리켰다.

시선을 돌린 수현은 경악했다. 그가 상상치도 못한 것이 이 바다 밑바닥에 있었다.

드래곤이었다.

"?!?!?!"

그가 거대한 푸른 벽이라고 생각했던 건 블루 드래곤의 몸통이었던 것이다.

그 위로 쭉 시선을 올리니 눈을 감고 있는 드래곤의 머리가 보였다.

아무리 수현이라도 드래곤을 대하는 데 태연할 수는 없었다. 순식간에 머릿속으로 수십 가지 생각이 오갔다.

'이놈들의 리더가 드래곤이라고? 대체 어떻게? 드래곤이 데리고 있다면 지금이라도 당장…….'

도망쳐야 하나? 도망칠 수 있나?

수현은 아직도 시간을 다루는 방법을 완전히 깨닫지 못한 상태였다.

다른 생명의 시간을 건드리는 건 보통 어려운 게 아니었다. 호우얀은 그가 할 수 있다고 말했지만, 수현은 아직도 헤매고 있었다.

사실 드래곤을 만날 일이 또 일어나지는 않을 거라고 생각했던 것도 있었다.

카메론에서 드래곤을 만날 일이 뭐가 있겠는가. 그가 직접 아가리로 들어가지 않는 한.

그러나 지금 그런 일이 일어나고 있었다.

'이 오크 자식, 순진한 척하더니 제법 머리를……!'

"다 봤냐? 봤으면 빨리 돌아가자. 아타파랏 님을 방해하면 안 된단 말이다."

"……?"

"때, 때리지 마라! 난 네가 시키는 대로 다 했다!"

파하크는 팔로 얼굴을 가리며 애처롭게 외쳤다. 드래곤의 도움을 받을 수 있는 오크라고는 상상도 할 수 없는 모습이었다.

'뭐지?'

파하크는 분명 진심이었다. 드래곤이 있는데 수현에게 겁을 먹을 리는 없고…….

'저 드래곤의 도움을 받을 수 없나? 설마 죽은 건가?'

스스로 무덤을 파는 짓이 될 수도 있었지만, 수현은 확인을 해보기로 했다. 어차피 여기서 조금 더 노방산나고 해서 달라질 건 없었다. 일이 꼬이면 결과는 마찬가지일 것이다.

"도와달라고 안 하나?"

"아타파랏 님에게? 무슨 큰일 날 소리를 하는 거야?!"

"……?"

도움 요청하는 것도 큰일 날 소리라고 정색을 하다니. 드래곤과 이 오크들의 관계를 알 수가 없었다.

"이 드래곤 말고 다른 사람은 없나? 너희 부족을 다스리는?"

"우리는 그런 거 없는데?"

"부족장도 없다고? 오크 부족이?"

"그런 건 바깥의 미개한 놈들이나 갖는 거다. 우리는 평화롭게 협력하며 생활한다! 누가 누구 위에 서는 건 없다!"

"……뭐 그건 그렇다 치고. 이 드래곤, 살아 있기는 한 거 맞나?"

파하크는 거의 거품이라도 물 것 같았다. 그는 가슴을 치며 말했다.

"다 봤으면 빨리 가자! 여기 계속 있으면……."

스르륵–

블루 드래곤이 감고 있던 눈을 떴다. 그리고 수현과 눈이 마주쳤다. 수현은 레드 드래곤과 만났던 때를 떠올렸다. 그때와는 전혀 다른 느낌이었다.

레드 드래곤은 눈동자에서 강력한 힘이 느껴졌다. 살아 있는 가장 강한 생명체만이 가질 수 있는 힘. 그에 비해 블루 드래곤의 눈동자에서는 어떤 힘도 느껴지지 않았다. 느릿느릿하고 무관심한 빛만이 보였다.

'어디가 아픈 건가? 죽어가고 있는 건가?'

"가자니…… 컥!"

"좀 닥치고 있어."

수현은 드래곤에게 다가갔다. 진흙 위에 기대고 있는 머리 앞까지 걸어갔는데도 드래곤은 아무런 반응을 하지 않았다.

"살아는 있는 건가, 드래곤?"

다시 한번 깜박임. 느릿하게 눈동자를 깜박이는 걸 보니 수현까지 지루해지는 느낌이었다.

―그래.

대답은 수현의 머릿속으로 직접 들려왔다. 강한 의념이었다. '그래'라는 짧은 뜻이었지만, 엄청나게 느리게 느껴졌다.

"내가 누구인지 아나?"

―안다.

"여기 오크들은 너를 모시고 있는 것 같은데, 어떤 관계인지 물어봐도 되나?"

―아니.

"……그건 어째서지?"

드래곤은 대답 대신 눈동자를 굴려 파하크를 가리켰다.

"설마 저놈한테 물으라는 뜻인가?"

−그래.

"나는 네가 데리고 있는 오크들을 공격했다. 아무 생각도 안 드나?"

−안 든다.

"오크들을 안 아끼나?"

−아낀다.

"그런데 왜……."

−저리 가라.

"……."

수현은 이 드래곤을 자극해 볼까 진지하게 고민했다. 살면서 드래곤을 자극해야 할 일이 생길지 몰랐는데, 이 드래곤은 그래도 모자랄 것 같았다.

"내가 알기로, 우리 부족은 선택받은 부족이다."

"……그래. 더 이야기해 봐."

수현은 인내심을 발휘하며 고개를 끄덕였다. 파하크가 무슨 소리를 하는지 끝까지 들어볼 생각이었다.

"아주 먼 옛날에, 아타파랏 님이 우리 부족을 선택해 주셨고, 저 더럽고 험한 바깥에서 이 평화로운 곳으로 우리를 데리고 오셨다."

"음, 그래. 그래서?"

대충 이 수중 도시에서 어떻게 오크들이 숨을 쉬며 지낼 수 있는지는 설명이 된 것 같았다. 드래곤 정도라면 충분히 그럴 만한 힘이 있었다. 아마 그 위의 섬으로 연결된 구조물도 드래곤이 만든 게 분명했다. 오크들이 원하면 밖으로 쉽게 나갈 수 있도록. 그러나 여기의 오크들은 밖으로 나가는 걸 전혀 원하지 않았다.

'하긴, 여기가 밖보다 편하긴 하겠군.'

드래곤이 이 도시 전체에 결계 비슷한 걸 친 것 같았다. 덕분에 수중 몬스터도 이 주변에는 얼씬도 하지 못했다.

"뭐가 그래서냐?"

"저 드래곤이 왜 저러냐고. 더위라도 먹은 것처럼 일어나지를 못하잖아."

"그, 그건…… 분명 많은 일을 하셔서 휴식이 필요하신 것일 거다."

수현은 바로 눈치챘다. 파하크도 저 드래곤이 왜 저러는지는 알지 못하는 모양이었다. 오크들은 거의 신처럼 이 드래곤을 숭배하고 있었으니 드래곤이 계속 잠을 자더라도 뭘 감히 물어보지는 못했을 게 분명했다.

"그래, 설명 고마웠고."

"잠, 잠깐. 어디 가는 거냐?"

철컥, 철컥―

"더 이상 오실 수 없습니다. 주인님께서는 시끄러운 걸 원하시지 않습니다."

"그래, 그 갑옷도 역시 드래곤이 만들어 놓은 거였나?"

어쩐지 특이한 물건이다 했다. 그런 걸 만들 수 있는 사람이 흔하지는 않을 테니까.

다시 드래곤에게 다가가려고 하자 위에서 봤던 갑옷 비슷한 것들이 길을 막았다. 이번에는 말을 할 수 있다는 것이 다른 점이었다.

"무엇을 원하십니까? 원하시는 게 있다면 드릴 테니 조용히 돌아가 주십시오."

"그냥 질문만 할 거야."

"주인님께서 아시는 거라면 저희도 아는 겁니다. 저희한테 물어보십시오."

"……."

수현은 힐끗 갑옷의 뒤를 쳐다보았다. 푸른색의 드래곤은 눈을 감고 느리게 물방울을 뿜어냈다.

"좋아, 질문을 하지. 저 드래곤은 왜 저러는 거지? 어디 아프기라도 한 건가?"

"주인님께서는 나이가 드셨을 뿐입니다."

"나이가 들었다고? 드래곤이 나이와 무슨 상관이야? 드래곤은 불로불사의 존재 아니었나?"

"주인님께서는 늙지도 죽지도 않습니다만, 오래 살다 보면 모든 것이 지겨워지는 법이죠. 주인님께서는 의욕을 잃으신 겁니다."

"……?"

수현은 그가 알고 있던 상식이 파괴되는 느낌을 받았다. 드래곤은 카메론에서 거의 자연재해와 비슷한 존재였다. 그런데 저런 모습이라니.

"드래곤은 원래 다 저러나? 시간이 흐르면?"

"누구도 시간을 피해갈 수는 없습니다."

늙지도, 죽지도 않는 존재가 저렇게 된다는 게 충격적이었다. 수현은 다시 한번 드래곤을 쳐다보았다. 드래곤은 사람과는 비교도 되지 않는 단위의 시간을 살아왔을 것이다.

에이럼 스란달이 말해준 게 맞다면 드래곤은 되기 전에는 원래 사람이었다. 드래곤이 되더라도 내용물은 사람인 것이다.

몇백, 몇천 년은 지낼 수 있을지 몰라도 그 이후라면? 계속 시간은 흐르고 드래곤인 자신은 죽지도 못하고 시간만 쌓여가는 것이다.

생각해 보니 저렇게 될 법도 했다. 뭘 해도 새롭지 않고 지겨울 테니…….

'저게 드래곤의 죽음인가?'

수현은 왜 카메론에서 레드 드래곤만이 보이는지 궁금했었다. 분명 다른 드래곤들도 있을 텐데, 인간들에게 보이는 건 레드 드래곤뿐이었던 것이다. 이종족들이 드래곤들을 잡았을 리는 없을 테고.

이제 알 것 같았다. 다른 늙은 드래곤들은 저 드래곤처럼 의욕을 잃고 어딘가에서 저렇게 잠들어 있는 것이다.

"저렇게 계속 있는 건가? 죽지도 않고?"

"언젠가는 떠나실 겁니다. 그건 주인님께서 결정하실 겁니다."

"떠난다는 건…… 죽는 건가?"

갑옷은 대답하지 않았지만 수현은 대답을 알아챘다. 불로불사라고 해도 결국 불로불사는 아닌 것이다. 누구든 시간에서 완전히 벗어날 수는 없었다.

'잠깐, 그러면 저 드래곤은 곧 죽는 것 아닌가?'

생각해 보니 죽은 드래곤을 얻을 수 있는 절호의 기회였다. 수현의 눈빛이 탐욕으로 반짝였다.

"무슨 생각을 하고 있는 겁니까?"

"하하, 아무것도."

갑옷들은 수상함을 눈치챘는지 거리를 좁혔다. 수현이 드래곤에게 접근이라도 하는 게 아닌지 걱정하고 있는 모양이었다.

쓸데없는 걱정이었다. 아무리 욕심이 나더라도 살아 있는 드래곤에게 덤빌 생각은 조금도 없었다. 드래곤에 대해 알게 된 것만으로도 충분한 성과였다.

'잠깐, 이 사실은……'

무해한 드래곤이 있다는 걸 밖에 알려도 되는가?

수현이 회장을 어느 정도는 신뢰하고 손을 잡고는 있지만, 그렇다고 모든 걸 줄 생각은 없었다.

특히 불로불사라면 환장하는 회장이 드래곤에 대해 알게 된다면 무슨 짓을 할지 몰랐다.

"이봐, 파하크, 파하크!"

드래곤의 보호를 받으며 편안하게 살던 오크들에게 겁을 주고 속이는 건 일도 아니었다.

수현은 바로 결정을 내리고 오크들을 불러 모았다.

"그쪽의 사절이 직접 위로 올라오겠다고? 우리가 들어갈 수는 없고? 이런 시설들을 어떻게 만든 건지 궁금한데."

"질색을 하더군. 그럴 바에는 결사항전이라도 하겠다는 모양이야. 아주 호전적이더군."

"에이, 폐쇄적인 이종족들은 진짜…… 어쩔 수 없지."

잭은 입맛을 다시며 고개를 끄덕였다. 이종족과의 협상은 기본적으로 상호 동의였다. 이종족이 목숨을 걸고서 반대하면 그들은 아무것도 할 수 있는 게 없었다. 밖으로 나와주는 것만으로도 감사했다.

"그런데 문제는 없었나?"

"대화로 잘 풀었지."

"정말로? 대화로 풀었다고?"

잭은 고개를 갸웃거렸다. 수현이 저런 대접을 받고 대화로 풀었다는 게 믿기지 않았던 것이다.

"못 믿겠으면 나중에 물어봐."

수현이 직접 사기를 치기는 했지만 수중 도시의 오크들은 좀 지나치게 순진했다. 그들은 수현이 한 거짓말에 그대로 넘어갔다.

"여기 드래곤이 있다는 것을 저 인간들이 알게 되면 절대로 가만히 있지 않을 거다. 나 정도 되는 인간들은 수두룩해. 힘으로 밀고 내려오면 너희들은 절대 막지 못할걸. 드래곤도 이 주변을 더 이상 지켜주지는 않으니 너희들이 막아야 할 거다. 그럴 수 있겠어?"

수현 정도 되는 인간이 수두룩하다는 건 다른 사람들이 들었으면 기가 막혀 할 거짓말이었다. 그러나 외부와의 접촉이 전혀 없었던 오크들은 그 말을 듣고 경악해서 수군거렸다.

그들에게는 싸운다는 생각이 전혀 없었다.

"어떻게 하지? 저 괴물 같은 놈들이 더 많다고 하잖아."

"가, 가능하면 안 싸우는 게……."

빠르게 정해지는 의견들. 다른 건 몰라도 이거 하나는 확실했다. 이들은 수현이 만나본 이종족 중 가장 속이기 쉬운 이종족이었다.

'뒤탈은 없겠지.'

여기에 있는 드래곤은 의욕을 잃어버려서 반쯤 시체와 같았지만 힘은 그대로였다. 즉, 이 수중 도시 자체는 계속 유지되고 있는 것이다.

당연히 이 주변이 더 탐사된다고 하더라도 발각되지는 않을 것이다. 드래곤이 그렇게 허술하게 주변을 막아놓지는 않았을 테니까. 여기로 들어올 수 있는 통로는 저 섬의 지하 통로뿐이었다.

그리고 그걸 관리하는 건 회장이었으니 속이는 건 손쉬운 일이었다. 오크들에게 입단속만 잘 시키면 됐다. 어차피 대화를 위해 올라왔을 때 수현이 관리할 수 있었다.

그러는 사이 오크들은 결론을 내렸는지 수현에게 다가왔다.

"정말 말한 대로만 하면 저희를 건드리지 않으시는 겁니까?"

"물론이지, 나를 믿으라고."

어찌 보면 수현을 만난 게 그나마 다행이라고 볼 수 있었다. 조금만 머리가 굴러가는 다른 사람들을 만났으면 바로 뼛속까지 탈탈 털렸을 테니까.

그에 비해 수현은 여기 있는 드래곤을 제외하면 다른 것에는 관심이 없었다.

'하긴, 드래곤에 관심 없는 사람이 얼마나 되겠냐만은……'

드래곤에 대해 어떤 생각을 하고 있든 간에 카메론에서 살아가는 사람 중에서 드래곤에게 관심을 가지지 않는 사람은 없었다.

인류가 만난 몬스터 중에서 가장 강력한 몬스터. 다른 몬스터들은 언제든 가에 도시로 와도 상관이 없었다. 현재 인류가 가진 전력을 동원하면 상대할 수 없는 몬스터는 없었다.

게다가 김수현이라는 강력한 마법사가 등장한 이후로 그 자신감은 더 확고해졌다.

그러나 드래곤은 예외였다. 아직까지 벌어지지는 않았지만, 드래곤이 도시로 접근하는 경우는 모든 국가가 한 번쯤은 걱정하는 사태였다. 그리고 여전히 제대로 된 방법이 나오지 않았다.

사실 수현이 생각하기에도 답이 없었다.

지하 벙커? 아무리 깊게 만든다고 하더라도 드래곤이 마음만 먹는다면 손쉽게 찢고 부술 수 있을 것이다. 그나마 가능성 있는 건 차원문을 통해 지구로 도망치는 것이다.

'다른 나라도 비슷하겠지.'

한국이 다른 국가보다 조금 멍청하고 비효율적인 짓을 많이 하기는 했지만, 그렇다고 해서 드래곤 사태에 대해 다른 국가들이 뭘 할 수 있는 건 아니었다.

수현은 일단 기다려 볼 생각이었다. 이 수중 도시의 오크들하고 적당히 친하게 지내면서.

운이 좋다면, 기회가 따라준다면 저 드래곤이 죽는 날도 볼 수 있지 않을까?

운이 없으면 수현보다 더 오래 살 수도 있겠지만 말이다.

"대화로 풀다니. 저거 혹시……."

"……!"

"두들겨 팬 다음에 법정 가기 싫어서 협박한 거 아니냐?"

"충분히 가능성 있죠."

수현에게 들리지 않게 수군거리는 목소리였지만 수현은 충분히 들을 방법이 있었다. 이클립스의 탐험가들이 떠드는 걸 들으며 수현은 피식 웃었다.

"이런 자리는 어색한데. 정말 아무런 꿍꿍이가 없다고?"

"나라도 모든 걸 다 들을 수 있는 건 아니라니깐!"

"그 자리에 올라갔는데도? 올려준 보람이 없군. 우샹카이, 넌 언제나 나를 실망시키는군."

"이건 내 능력 밖의 일이라서 어쩔 수가 없어! 내가 카메론에서는 왕이지만 본국에서는 아직 갈 길이 멀었다고. 애송이 취급이란 말이다."

우샹카이는 수현과 대화하는 것이 다른 사람들에게 들키지 않도록 목소리를 낮춰서 말했다. 다른 사람들이 본다면 그저 인사 몇 마디 나누는 것처럼 보일 것이다.

각국에서 카메론을 담당하는 공직은 많은 권한과 넓은 자유 덕분에 많은 이가 선망하는 자리였다. 그러나 그렇다고 해서 그게 단점이 없는 건 아니었다.

중국 같은 경우는 견제가 들어오는 편이었다. 당 내부의 정치로 모든 게 이뤄지는 그들의 문화상, 본토에서 일하던 사람들이 뭉쳐서 견제하면 정치 생활하기 정말 힘들어졌다.

수현이야 아직까지 대신할 사람이 나오지 않은, 대체 불가의 인재였지만 우샹카이는 결국 당에서 나온 사람일 뿐이었다. 지금은 나름 잘나가고 있지만 언제 대체 당할지 몰랐다.

"거참, 세상일이라는 건 정말 모르는 법이군. 내가 이런 초대를 받다니."

수현은 지나가던 직원의 쟁반 위에서 술잔을 하나 챙겼다. 술을 마시기 위해서가 아니었다. 혹시 독이 있나 궁금해서였다. 물론 독은 없었다.

지금 그는 중국 당이 주최하는 행사장에 와 있었다. 카메론이 아닌 지구의 자리였다.

초대 명목은 그럴듯했다. 인공 아티팩트 대여와 그걸로 인한 프로젝트 도움에 대한 감사.

그러나 수현은 순진하지 않았다.

'고맙다고 초대할 만큼 친절한 놈들은 아닌데.'

단순히 생각해서, 수현을 초대한다는 건 수현에게 뭔가 원하는 게 있어서라는 뜻이었다. 참석하지 않는 방법도 있었지만 그건 하책에 불과했다.

가장 좋은 방법은 참석해서 적의 의도를 알아내고 역이용하는 것이었다.

'에멜늄 광산인가? 아니면 인공 아티팩트? 원하는 게 뭐지?'

수현이 생각해도 그에게서 얻어내고 싶을 만한 게 너무 많았다. 그는 새삼스레 그가 참 많이도 갖고 있다는 걸 깨달았다.

우샹카이를 심문하기는 했지만, 우샹카이는 정말로 모르는 것 같았다. 그를 무능하다고 구박했지만 사실 그렇게 생각하지는 않았다. 우샹카이의 자리도 한계는 있었으니까. 카메론에서 중국의 작전이 어떻게 돌아가는지만 알아도 큰 성과였다.

수현은 아무 말도 하지 않았지만 우샹카이는 벌써 수현의 눈치를 보고 최대한 마찰이 없을 일들만 벌이고 있었다.

'난 별로 상관없는데 말이지.'

특히 이중영이 벌이려는 작전 같은 경우는 그냥 다 방해해도 상관이 없었다. 그렇게 말해도 우샹카이는 괜히 수현이 충성심을 시험하는 함정이라도 판 것 아닌가 하고 의심해서 도망쳤지만.

"그런데 그 케이스는 뭐냐? 색이 좀 이상한데…… 뭘로 만든 거지?"

"눈썰미가 좋군. 알타라늄 위에 색을 칠했는데도."

"그게 알타라늄이었냐?!"

우샹카이는 당황해서 수현이 옆에 둔 가방을 쳐다보았다. 원래 저런 걸 들고 다니지 않는 놈이었다. 그런데 여기에 들고 오다니, 갑자기 호기심이 일었다.

'저기에 뭐가 들어 있는 거지? 아티팩트? 초소형 무기?'

게다가 알타라늄이라니. 저 케이스만 팔아도 한 재산 챙길 수 있을 것이다.

"왜, 뭐가 있는지 궁금한가?"

"흠, 흠흠. 말해준다면야……."

"모르는 게 좋을 텐데."

"뭐가 들어 있는데? 너 설마 폭탄이라도 갖고 온 건……."

"내가 미쳤다고 그런 걸 갖고 다니겠냐?"

달칵—

수현은 케이스를 열었다. 안에는 어디서 본 것 같은 덩어리가 있었다. 케이스 모양에 맞춰서 몸 형태가 변형된…… 슬라임이었다.

"$@*$^&(*&!(!"

우샹카이는 기겁해서 뒷걸음질 치다가 넘어질 뻔했다. 수현이 염동력을 써서 강제로 자세를 잡아주지 않았다면 큰 소리가 났을 것이다.

"야, 이 미친 자식아! 여기에 그런 걸 왜 들고 온 거야!"

"호신용이지. 문제가 생겼을 때 쓸 수 있는."

우샹카이는 등골이 오싹해졌다. 아니, 약하지도 않은 괴물 같은 놈이 대체 뭐가 겁이 나서 저런 걸 호신용으로 들고 다닌단 말인가?

수현의 힘은 조종이나 가능하지, 서선 한번 던지면 닥치는 대로 먹어 삼키는 괴물이었다. 저놈이 친 사고를 수습하느라 들인 노력을 생각하면 아직도 아찔했다.

"그거 죽은 걸로 처리됐거든? 그게 밝혀지기라도 하면 내가 뒷감당을 해야 하잖아!"

"걱정 마. 안 들키면 되니까."

우샹카이는 다시 욕이 나오는 걸 참아야 했다.

"제발 얌전히 있다가 돌아가 줘라. 부탁이다!"

"무슨 용건이냐에 따라 다르지. 그보다 언제까지 기다려야 하지? 용건을 좀 캐묻고 싶었는데."

"음, 오늘 날 부르신 분이 그……."

타탁—

뒤에서 걸음 소리가 들려오자 우샹카이는 본능적으로 행동했다. 그는 수현을 쳐다보며 날카롭게 말했다.

"이 건방진 놈. 언제까지 그렇게 나댈 수 있을지 두고 보겠다! 우리 대국 앞에서 너의 힘은 보잘것없다는 걸 명심해라!"

"……"

수현은 어이가 없었지만 굳이 대꾸하지 않았다.

그래, 뒤에서 누가 나타난 건지 알 수 없을 테니 일단 저렇게 조심하는 게 좋겠지. 그의 위치에서 수현과 친하다는 게 들키면 꽤 위험할 테니까.

"손님을 불러놓고 너무 무례하군, 우샹카이."

"아, 장타핑 님! 안녕하십니까!"

우샹카이는 90도로 허리를 숙였다. 그리고 속으로는 안도의 한숨을 내쉬었다. 뒤에서 누군가 왔을 때 혹시 몰라서 일단 연기부터 했는데 잘 맞아떨어졌다.

장타핑은 60살은 족히 넘어 보이는 남자였다. 그는 우샹카이를 질책하면서 수현을 쳐다보았다.

"내가 사과드리지. 여행은 괜찮았소?"

"예, 오는 동안 내내 편했습니다."

─저 인간 누구냐?

우샹카이는 머릿속으로 전해지는 생각에 놀랐지만 태연함을 유지하고 대답했다.

─장타핑 님은 당 인민기율검사위원회 서기시자, 3년 전에는 중앙당교에서…….

─요약해서 말해, 이 새끼야.

─……현재 상무위원이시다.

상무위원회는 공산당 조직에서 사실상 최고 권력 기구였다. 그 일원인 상무위원은 절대 권력자나 다름없었다. 최고 권력자인 총서기를 위에 둔 걸 제외하면 아무도 그들 위에 없다고 봐도 좋았다.

돌아오기 전의 수현은 저 밑의 중국 초능력자들과 멱살 잡고 진흙탕에서 싸우는 위치였는네, 이세는 최고위층과 직접 대면하게 된 것이다. 감회가 새로웠다.

"이번에 인공 아티팩트를 대여해 준 건 다시 한번 감사드리오. 덕분에 원정이 잘 끝날 수 있었지. 그럴 만한 가치가 있는 원정이었고. 도중에 희생이 조금 있었지만⋯⋯."

수현과 우샹카이는 속으로 움찔했다. 얻어낸 결과 때문에 묻히기는 했지만 안 찔릴 수가 없었다. 우샹카이는 잽싸게 끼어들었다.

"주석의 건강에 비한다면 그 무엇이 아쉬웠겠습니까. 리허쥔 님도 후회하지 않으셨을 겁니다."

"그런가?"

리허쥔이 저승에서 들었다면 피눈물을 흘렸을 소리였다. 그러나 그는 죽은 사람. 이 자리에서 말할 수 있는 건 우샹카이밖에 없었다.

"카메론에서 나온 걸 보면 볼수록, 인류의 미래는 카메론에 있다는 게 느껴지더군. 예전에는 우주개발이다, 뭐다 했었는데 그게 이렇게 변할 줄이야. 그런 면에서 우샹카이 자네의 활약은 눈여겨보고 있네."

"감, 감사합니다!"

"다만 그 혈기는 좀 감추는 게 좋을 거야. 손님에게 무례하지 않도록 말이야."

'능수능란하군.'

하긴 저 위치에 오를 정도라면 살면서 온갖 경험은 다 해 봤을 테니, 노회하지 않다면 그게 오히려 이상한 일이었다.

수현은 장타핑이 흡족해하는 걸 느꼈다. 분명 우샹카이가 수현에게 적대하는 걸 보고 흡족해하는 것이었다. 그렇지만 명목상은 그들이 초대했으니 저렇게 꾸짖는 것이다.

"괜찮습니다. 카메론에서 몇 번 부딪힌 이상 어쩔 수 없는 거죠. 이렇게 날을 세우다가도 또 필요하면 협력하는 게 사람 사는 거 아니겠습니까."

"맞는 말이군. 참으로 맞는 말이야."

"이렇게 만난 것도 인연인데, 혹시 저한테 물어보실 거라도 있으십니까? 카메론에 관심이 많다면 지루하지는 않으실 겁니다."

말을 돌리지 않고 직구로 찔러 들어간다. 수현은 굳이 말을 빙빙 돌릴 생각이 없었다. 어차피 그의 위치는 아쉬운 소리를 할 필요가 없었다.

상대가 중국의 권력자라고 해도 마음에 들지 않으면 그냥 거절하고 나갈 수 있었으니까. 그게 우샹카이와 그의 차이였다.

'맞게 짚었군.'

장타핑의 눈에서는 순간 빛이 반짝였다. 그걸 본 수현은 그가 제대로 짚었다는 걸 깨달았다. 이 늙은이는 무언가 원해서 그를 여기에 부른 것이다.

"그래? 이거 고맙게 됐군그래. 뭘 물어봐야 할까…… 이 번에 카메론의 앞바다를 돌아다녔다고 들었는데. 맞나?"

인공 아티팩트로 카메론의 바다를 탐험하기 시작한 건 극비는 아니었지만, 그렇다고 일반에서 알 법한 일도 아니었다. 당연히 회장이 하고 있는 일이니 중국 쪽에서도 관심을 가지고 예의주시한 것이다.

"맞습니다."

"그래, 그래. 들고서 정말 놀랐네. 한동안 금기로 여겨지던 곳에 나아가다니. 그리고 결과가 꽤 성공적이었다고."

"아직 속단하기는 이르지만……"

수현은 이 사람의 속셈이 뭔지 대충 알 것 같았다.

영원한 친구도, 영원한 적도 없다.

사실 지금 상태에서도 수현과 중국은 표면적으로는 적이 아니었다. 카메론에서 몇 번의 사건이 있기는 했지만 그건 어디까지나 '사고'로 취급되는 일이었을 뿐.

과거에 수현이 당한 일이 있기는 했지만 그건 수현이 시간을 돌리면서 사라졌다. 지금 수현은 현장에서 일하는 전투원이 아닌 거물 중의 거물인 마법사였다.

중국 쪽 입장에서는 충분히 손을 잡을 수 있다고 생각할 만했다. 수현이 무슨 생각을 하고 있는지 모르니까 말이다.

그리고 새로 시작된 인공 아티팩트는 그럴 만한 가치가 있었다. 처음 나왔을 때야 다들 반신반의했지만, 지금은 모두가 인정했다. 인공 아티팩트는 인류의 미래라고, 조금만 더 발전해도 기존 방식을 모두 대체할 것이다.

벌써 급진적인 학자들은 주장하고 있었다. 기존에 있었던 산업혁명처럼, 인공 아티팩트의 대량생산으로 인한 혁명이 다가올 것이라고.

지금처럼 몇몇만 쓸 수 있는 그런 아티팩트가 아니라 일반인들도 아티팩트를 쓸 수 있는 시대!

물론 지금 시점에서는 먼 이야기였다. 현실적인 사람들은 그런 미래가 아닌 현재에서 쓸 수 있는 걸 보고 있었다. 그리고 지금 상태에서도 인공 아티팩트는 넘치도록 쓸 만했다. 특히 이번 카메론의 바다를 공략하면서 그것이 증명됐다.

'똑똑하군. 지구에 있는 놈들은 대부분 카메론에 대해 감각이 없는 줄 알았는데…….'

카메론의 일은 카메론 사람들만이 안다. 수현은 내심 그렇게 여겨왔다. 지구의 책상에 앉아 펜대를 굴리는 사람들은 한계가 있을 수밖에 없다고 말이다.

카메론의 땅에 발을 디디고 숨을 늘이쉬어 보시 않은 이상 그건 정말로 아는 게 아니었다. 실제로 아직도 지구 사람들 중에서는 차원문을 두려워해서 발을 안 디디는 사람들도 있었으니, 지구의 정치인들이 카메론에 대해서 잘 몰라도 별로 놀랍지는 않았다.

그러나 지금 보니 장타핑은 카메론에 대해 꽤나 감각이 있는 것 같았다. 회장이 카메론의 앞바다를 새로 개척하려고 하자, 바로 끼어드는 것만 봐도 알 수 있었다.

중국과 수현이 표면적으로는 적이 아니었지만, 그렇다고 해서 친구도 아니었다. 오히려 미국과 더 친하면 친했지. 그걸 그가 모를 리 없었다. 그러나 그럼에도 불구하고 부른 것이다. 영원한 친구도, 영원한 적도 없으니까.

'충분히 손을 잡을 수 있지.'

장타핑은 그렇게 생각했다. 에멜늄 광산의 건에서 이미 증명됐다. 적절한 방법만 있다면 수현과도 충분히 손을 잡을 수 있었다.

미국 쪽의 카를로스 회장과 손을 잡은 것처럼 그들과 손을 잡지 않을 이유가 뭐가 있겠는가?

우샹카이는 지금 막 카메론의 중앙개척부장이 된지라 몸을 사리고 있었다. 게다가 얼마 전에 정체불명의 몬스터 사고도 났으니…….

그건 이해해 줄 수 있었다. 저건 사람의 본능이었으니까. 자리에 오른 지 얼마 되지도 않아서 새로 일을 벌였다면 그게 더 놀라웠을 것이다. 누구나 자기 자리는 아까운 법이다.

그래서 그가 직접 나선 것이다. 표면적으로는 평범한 자리지만, 어떤 방법을 써서라도 수현을 설득할 생각이었다. 줄 수 있는 것만 놓고 본다면 중국은 미국에 밀리지 않았다.

"장타핑 님이 직접 말을 걸어주시다니. 이런 영광이……."

"넌 뭐 느끼는 거 없냐?"

"……? 뭘 말하는 거냐?"

"이 자식은 진짜 머리를 폼으로 들고 다니는 건가……. 날 왜 불렀는지 감이 안 와?"

권력자에게 직접 칭찬을 들은 감격에 젖어 있던 우샹카이는 수현의 질책에 당황해서 머리를 굴렸다.

"어…… 인공 아티팩트 때문인가?"

"다행히 머리가 있긴 있군."

방금까지 수현과 장타핑은 나름 화기애애하게 이야기를 한 상태였다. 인공 아티팩트와 카메론의 바다를 개척하는 것에 관련된 이야기를. 물론 중요한 정보는 모두 빼놓은 상태였지만. 그걸 옆에서 들었기에 우샹카이도 감은 잡을 수 있었다.

"그런데 인공 아티팩트 대여는 지금도 가능하지 않나? 그 것 때문에 불렀다고?"

"지금 같은 방식이 아닌, 더 전적인 협조를 원하는 거겠지. 나하고 회장처럼 말이야."

"그게 가능해?"

"그걸 네가 나한테 묻냐? 너희 쪽에서 뭐 그럴듯한 걸 준비했겠지. 어떻게 설득하는지는 내가 생각해 내야 할 게 아니야."

"장타핑 님도 참, 그냥 나한테 말하셨으면……."

수현은 우샹카이를 어이없다는 눈으로 쳐다보았다. 물론 장타핑이 수현과 우샹카이의 관계를 눈치채지는 못했을 것이다. 그랬다가는 우샹카이는 지금 지하 감옥에서 고문당하고 있었을 테니까. 그러나 그걸 제외해도 그한테 맡겨달라는 건 좀 지나치게 뻔뻔한 게 아닌가 싶었다.

"왜 그런 눈으로 보냐?"

"너한테 맡기면 일이 진행이 되냐?"

"사람을 뭐로 보고."

우샹카이는 자신의 가슴을 치며 말했다.

"믿는 게 있지."

"……?"

"내가 이 자리에서 있을 수 있도록 네가 도와주지 않겠어?"

"드디어 미쳤군. 다른 사람을 불러야 하나."

"농담, 농담이었다! 물론 그런 짓은 안 하지!"

수현의 목소리가 싸늘해지자 우샹카이는 바로 꼬리를 내렸다.

"어쨌든 장타펑이 다시 올 테니까, 이제 슬슬 떨어지라고. 괜한 오해를 받고 싶지 않으면. 아까처럼 욕하는 것도 한두 번이지."

"하, 하하, 그것 때문에 화가 난 건 아니겠지?"

"한 번 더 하면 화가 날지도 모르겠군."

수현은 손짓했다. 우샹카이는 뒷걸음질 치며 물러섰다.

'진뤄궁도 있고, 리우 신도 있고…….'

카메론에서 유명하고, 중국 정부와 협력적인 초능력자들은 다 부른 것 같았다. 하긴, 우샹카이가 직접 왔을 정도니 저런 초능력자들이 오지 않았을 리 없었다.

초능력자들은 카메론에서는 전투원이었지만 지구에서는 경호원이었다. 권력자들은 초능력자 경호원을 선호했다. 몇명의 초능력자를 거느렸는지에 따라 그들이 가진 권력을 비교할 정도였다.

사실, 카메론에서 목숨 걸고 싸우는 것보다 지구에서 경호원으로 지내는 게 더 나을지도 몰랐다. 그래서 카메론의 초능력자들은 지구에서 지내는 초능력자들을 비웃었지만…….

수현은 리우 신에게 반갑게 손을 흔들었다. 그걸 본 리우 신이 황급히 시선을 돌리고 피해갔다.

'저 XXX는 왜 친한 척을 하는 거야?!'

리허쥔이 죽은 다음에 우샹카이가 자리에 오르고, 전보다는 상황이 나아지기는 했다. 그러나 여전히 그의 자리는 위태위태한 상태였다. 저렇게 친한 척을 하면 그에게 좋을 게 없었다.

"리우 신, 왜 모르는 척을 하나? 상처받는군."

"저리 가십시…… 아니, 저리 가라! 괜한 오해를 받고 싶지 않다!"

평소 하던 존대도 집어던지고 리우 신은 빠르게 수현에게서 멀어지려 했다. 수현은 염동력을 써서 리우 신을 뒷걸음질 치게 만들었다.

"……!?"

그 정도 되는 초능력자가 저항도 하지 못하고 인형처럼 놀아나다니. 리우 신은 다시 한번 경악했다.

이게 인간이 가능한 일인가?

"오해는 무슨. 우샹카이도 나하고 이렇게 떠들었는데 별일 없었어. 장타핑이 오히려 칭찬도 해주더군. 걱정 마. 나한테 원하는 게 있어서 부른 자리니까."

우샹카이와 그의 위치가 같을 리 없었다. 리우 신은 한숨을 내쉬며 물었다.

"……원하는 게 뭡니까?"

수현이 원하는 것을 주기 전까지는 이 자리에서 벗어날 수 없을 것 같았다. 수현은 피식 웃으면서 말했다.

"별거 아니야. 그냥……."

쿵–

"……?"

어디선가 들려온 희미한 폭발음. 리우 신은 바로 허리춤에 손을 뻗었다. 잘 훈련된 사람다웠다.

원래였다면 유명한 아티팩트 '어장'검을 사용했겠지만, 그건 이미 수현이 가져간 지 오래였다. 지금은 그럭저럭 쓸 만한 아티팩트 검을 쓰고 있었다.

"무슨 일이지?"

"글쎄, 나도 잘……."

옆자리에 있던 사람들이 떠드는 게 들렸다. 별 상황이 아니라고 생각하는 게 분명했다. 이 자리에 있는 전력도 전력이니 당연히 그럴 법했다.

그러나 수현은 안색을 굳히고 주변을 둘러보았다. 방금 들린 건 분명 폭발음이었다.

'설마 나하고 상관이 있는 건가?'

그를 섭외하기 위해서 무력적인 수단을 쓸 거라고는 생각하지 않았다. 정말 미치지 않고서야 그런 짓을 하지는 않을 것이다. 학습을 할 줄 안다면 그런 방법이 통하지 않을 거라는 건 중국도 알 테니까.

'그러면 뭐지? 이런 사고를 일으켜서…… 나한테 뒤집어씌우나? 아니, 말이 안 되는데.'

너무 허황된 짓이었다. 저런 게 통할 리 없었다. 수현은 빠르게 걸어서 장타핑을 찾았다. 이럴 때 가장 필요한 건 그의 얼굴을 보는 것이었다. 그가 꾸민 것이었다면 아무리 숨기려고 해도 티가 날 테니까.

사람들은 웅성거리고 있었지만 아직까지는 질서유지가 잘되고 있는 편이었다. 수현은 그들 사이를 지나갔다. 우샹카이가 급하게 부하들을 불러서 뭐라고 하는 게 보였다.

"……?"

그리고 저 멀리서 장타핑의 얼굴이 보였다. 그는 얼굴을 찌푸리고 뭐라고 말하고 있었다. 주변에는 아까는 보이지 않던 경호원들이 붙어 있었다.

-사고라고?

-아직 확인되지는 않았습니다만, 혹시 모를 가능성이 있습니다. 안쪽으로 모시겠습니다.

-감히 여기서 사고를 치는 놈이 있을 리가…… 제대로 확인해 봐라.

-우샹카이 님이 정확한 상황을 확인하고 있습니다. 다만 그때까지는 안쪽에서 계셨으면 합니다. 장타핑 님이 다치시기라도 한다면…….

-알겠다, 알겠다.

'뭐지?'

저 대화를 확인한 수현의 머릿속이 혼란스러워졌다.

장타핑이 꾸민 일이 아니라니.

그도 모르는 일이라면 수현을 노리고 꾸민 일은 아니었다.

그러면 수현이 다른 음모에 말려든 것인가? 아니면 정말로 사고?

콰콰콰콰콰쾅!

"꺄아아악!"

이번에는 제대로 들렸다. 강하게 터지는 폭발음.

"그래, 사고는 아니군."

수현은 그렇게 생각하며 움직이기 시작했다.

"아, 김수현! 왔군!"

우샹카이는 지옥에서 부처라도 만난 표정이었다. 평소에는 만나서 좋을 게 없었지만, 이런 상황에서 김수현은 정말로 믿음직한 전투원이었다. 그의 옆에만 있다면 일단 죽을 일은 없었다.

"무슨 일이지? 어떻게 된 거냐?"

"젠장. 나도 아직 정확히 파악하지 못했다고! 확인된 건 어떤 놈이 폭탄을 이 건물 주변에 깔아놨다는 거야. 지금 몇 개 확인했는데, 그게 끝이 아닌 것 같아."

"이런 자리에 폭탄을?"

얼굴도 모르는 사람인데 갑자기 호감이 생겼다. 적의 적은 언제나 나의 친구. 우샹카이는 수현이 그런 생각을 하는지도 모르고 주절거렸다.

"사람들을 빠르게 대피시켜야 해."

"그냥 내보내면 되는 거 아닌가?"

통로가 막힌 것도 아니고, 굳이 이 안에서 기다릴 이유가 없었다.

"이미 입구로 몇 명이 나가려고 했지. 그런데 그 순간 박살이 났어!"

"근데 건물은 아직 멀쩡한데?"

"놈이 어설프게 설치를 했나 보지! 지금 안전한 길을 찾고 있다!"

"초능력자면 어떻게든 나갈 수 있을 텐데."

"아니, 그게 안 돼."

우샹카이는 침통한 얼굴로 말했다. 수현은 그걸 보고 어떤 일이 있는지 짐작했다.

"설마, 초능력 상쇄 장치가……."

"그래, 바로 그거다."

"쯧쯧, 그러니까 그걸 개발하기 전에 생각 좀 했어야지. 스스로 했던 일들을 돌려받는군."

"지금 그런 소리를 할 때냐?!"

"나는 초능력 쓸 수 있거든. 폭발이 나든 지진이 나든 상관이 없어."

"맞아! 그랬었지? 사람들 대피 좀 도와줘!"

"장타핑부터 해달라고?"

"……그러면 좋겠지!"

"별로 그러고 싶지 않은데. 이 짓을 벌인 놈이 무슨 생각인지부터 들어보자고."

"야, 야! 야!"

우샹카이가 다급하게 외쳤지만 수현은 재빨리 피했다.

'입구 쪽, 막혔고. 창가에도 설치를 해놨고…… 뭐 폭탄으로 도배를 해놨군. 대체 어떻게 들어온 거지? 재주도 좋군.'

지금 그들은 마천루의 꼭대기에 있었다. 하필 장소가 이런 곳이라 폭탄에 더 취약했다. 누가 했는지 모르겠지만 참 기회를 잘 잡았다고 칭찬해 주고 싶어졌다.

'그냥 상쇄 장치 켜고 건물을 날려 버렸으면 됐을 텐데, 일부러 이렇게 시간을 끄는 건…… 역시 협박인가?'

입구 쪽을 폭발로 막기만 한 건 확실히 이상했다. 원한다면 건물 자체를 무너뜨릴 수도 있었을 것이다. 그런데도 이렇게 막고, 시간을 끈다는 건…… 누군가 중국 쪽에 원하는 게 있는 모양이었다.

78장
카메론의 바다(3)

물론 그건 놈의 사정이었고 수현의 사정은 아니었다.

마음만 먹으면 그의 선택지는 다양했다. 사람들을 데리고 빠르게 텔레포트해서 나갈 수 있었다. 수현은 마법사였으니까. 초능력 상쇄 장치 같은 건 아무런 의미가 없었다.

아니면 이 주변에 설치된 남은 폭탄을 찾아서 제거할 수도 있었다. 다 찾을 필요도 없었다. 움직일 통로 정도만 만들면 사람들을 거기로 안내하고 초능력으로 방어할 수 있었다.

'게다가 설치할 포인트도 정해져 있고…….'

프로는 서로를 알았다. 수현도 이런 공작의 전문이다 보니, 대충 어디에 설치했을지 짐작이 갔다. 지금이야 경지에 오른 마법사니 저런 궂은일을 안 해도 됐지만, 돌아오기 전에는 언제나 일상처럼 했던 일이었다.

위치야 중국인들도 어느 정도 짐작을 할 수 있었다. 그러나 그들은 마음대로 나설 수 없었다. 그들은 초능력 상쇄 장치 안에서 초능력을 쓸 수 없었으니까.

자칫해서 잘못 건드리기라도 하면 여기 있는 모두가 그대로 황천길이었다. 일반인들도 아닌데 그런 위험을 감수하고 나설 사람은 없었다.

'오래 걸리겠군.'

수현은 원견으로 확인에 나섰다. 밑에서 허둥지둥하는 움직임들이 그대로 보였다.

'장타핑은?'

그도 탈출하지 못하고 이 자리에 남아 있었다. 아쉽게도 초능력 상쇄 장치를 무효화시키는 걸 들고 있는 사람이 없는 모양이었다.

그는 얼굴을 일그러뜨리고 어딘가 연락하고 있었다. 이런 상황에서, 저런 표정으로 연락할 곳은 한 군데밖에 없었다.

ㅡ……알겠다.

이윽고 내려지는 지시들. 수현은 폭탄을 설치한 놈이 접촉했다는 걸 깨달았다. 경고용으로 폭발을 일으킨 다음 연락을 한 것이다.

'요구사항도 벌써 말했나?'

"우샹카이, 설치한 놈이 접촉해 왔나?"

"그, 그걸 어떻게?"

방금 장타핑에게 말을 전해 들은 우샹카이였기에 수현이 바로 알아듣자 당황할 수밖에 없었다.

"설마 너……! 네가 이런 짓을 한 거냐?!"

"……."

수현은 살짝 반성했다. 아무리 그래도 그렇지 바로 수현을 의심할 줄이야.

"아니야, 이 자식아."

"좋게 말로 해도 됐잖아!"

"아니라니까 내가 뭐 하러 이런 짓을 해? 정 원하는 게 있으면 그냥 납치를 하는 게 더 빠르지."

"그렇긴…… 음?"

뭔가 무서운 말을 들었지만 우샹카이는 일단 넘어갔다. 지금 중요한 것은 그게 아니었으니까.

"그래서, 요구사항이 뭔데?"

"범죄자 몇 놈 석방해 달라는데. 안 그러면 이 건물 자체를 날려 버리겠다고."

우샹카이는 머리를 헝클어뜨리며 짜증스러운 표정을 지었다. 이번 일은 그가 책임을 지지는 않겠지만, 그래도 이런 상황에 처하는 게 유쾌하지는 않았다.

게다가 카메론과 관련된 일도 아니었다. 이건 지구의 사정 때문에 휘말린 것 아닌가.

"들어줄 거 같나?"

"지금 밑에서 이리저리 움직이고 있는 것 같은데, 잘 모르겠어. 아마 들어주지 않을까 싶은데. 장타핑 님 표정 보니까……."

범죄자를 석방하는 걸 막기 위해서 목숨을 걸 사람은 없었다. 자존심이 상하는 것과 전혀 별개의 문제였다. 특히 저 정도의 자리에 오른 사람들은 그런 것 때문에 목숨을 걸지 않았다. 아마 몇 가지 시도를 한 다음 더 이상 방법이 없다는 걸 깨달으면 항복하고 교섭에 나서겠지.

'머리가 좋군. 일부러 공개적으로 접촉하지 않은 건가?'

저렇게 장타핑 개인에게 교섭을 시도했다는 건 이번 협상을 비공개로 끝내겠다는 의미였다. 비공개로 접촉하는 건 영리한 방법이었다. 그래야 상대방도 승낙하는 데 부담이 없을 테니까.

"너 그런데 진짜……."

"말도 꺼내지 마라."

"아직 말도 안 했는데!"

"나한테 이 문제를 해결해 달라고 할 생각이겠지? 할 생각 없으니까 알아서 해."

"잠깐, 이 빌딩이 무너지면 너도……."

"내가 뭐?"

우샹카이는 입을 다물었다. 생각해 보니 여기가 무너져도 수현은 죽을 것 같지 않았다. 그걸로 죽을 놈이었다면 예전에 죽었을 것이다.

'젠장! 저놈은 약점이 없어!'

무너지면 그들만 죽지 수현은 유유히 빠져나올 수 있었다.

우샹카이는 머리를 굴렸다.

어떻게 해야 수현의 도움을 받을 수 있을까?

"여기 있는 사람들은 네 능력에 대해 알고 있잖아. 네가 안 나서면 체면이 안 서지 않겠어?"

"별 개소리를 다 하는군. 내가 능력 안 쓴다고 욕할 거라면 욕하라고 해."

한국이라면 수현도 생각을 좀 해봤을 것이다. 여론이라는 건 의외로 신경이 쓰이는 일이었으니까. 게다가 지금 수현은 미묘한 정치적 작업도 같이 하고 있는 상태였다.

일반인들은 수현을 애국심 투철한 영웅으로 생각했다. 수현이 그런 식으로 이미지를 잡았기 때문이었다. 차원문 사건이 터졌을 때부터 수현은 겉으로 보이는 이미지를 만들기 위해서 노력했다.

그에게는 별로 돌아오는 게 없었지만 솔선수범해서 몬스터를 사냥했고 처리했다. 인류 최초의 마법사라는 타이틀과 그런 일들이 겹쳐지면 영웅이 될 수밖에 없었다. 국회의원들이 괜히 수현과 같이 손을 잡고 싶어 하는 게 아니었다.

　―김수현과 함께라면 인기는 보장된다!

　카메론하면 김수현, 김수현하면 카메론. 카메론 관련 이슈에는 언제나 김수현이 있었다. 사람들은 젊고 매력적인 영웅을 사랑했다.

　수현도 그걸 잘 알고 있었다. 사람들의 인기가 힘이 된다는 것도 잘 알았다. 그래서 국내에서는 행동을 조심했다. 몬스터가 나타났을 때 군말 없이 달려가서 잡은 것도 다 이유가 있어서였다.

　그러나 여기는 중국이었다. 그가 무슨 짓을 해도 별 상관이 없었다. 옆에서 몬스터가 나타났을 때 그냥 구경만 해도 뭐라고 할 사람이 없었다.

　사실이 알려진다면?

　중국 국민이야 '뭐 저런 놈이 있냐' 하고 욕을 하겠지만 국내 여론은 별로 상관이 없을 것이다. 오히려 좋아하는 사람이 나오면 나왔지.

　우샹카이는 수현의 말을 듣고 당황해서 말했다.

　"사, 사람들이 너를 욕할 텐데?"

"그래, 욕하라고 해. 그리고 까놓고 말해서, 나한테 뭘 도와달라고 할 건데? 장타핑 같은 고위 공직자 옮겨달라고 할 거지?"

우샹카이는 고개를 끄덕였다.

"몇 명 밖으로 나가는 순간 이거 설치한 놈은 눈치를 챌 테고, 그러면 건물을 날려 버릴 텐데, 나머지 사람들은 죽어도 된다 이거냐? 이거 완전 쓰레기네. 이런 생각을 하는 놈이 체면 같은 소리를 해? 에라이, 이 양심 없는 놈아."

속마음을 들킨 우샹카이의 얼굴이 붉어졌다.

"알아서 해. 난 끼어들 생각 없으니까. 이것 때문에 불만 있으면 앞으로 서로 놀지 말자고."

인공 아티팩트 때문에 아쉬운 건 중국이었지 수현이 아니었다. 우샹카이는 수현을 설득하는 게 불가능하다는 걸 깨달았다. 수현을 상대해 본 경험이 많았기에 그는 직감적으로 알 수 있었다.

아, 저놈 설득하는 건 지금 불가능하구나.

중국인들이 허둥지둥 움직이는 걸 보며 수현은 다시 자리에 앉았다. 그리고 술잔을 들었다. 별로 안 좋아하는 놈들이 정신없어하는 건 언제나 보기 좋은 모습이었다.

'잠깐, 그런데…….'

만약 그가 이런 짓을 계획했었다면 시작하기 전에 이 안을 감시할 방법을 준비했을 것이다. 언제나 세상일은 모르는 법이었으니까. 상대방이 어떤 식으로 움직이는지 감시하는 것도 필요한 것이다. 상대방이 멍청하지는 않았으니, 분명 감시할 방법을 준비했을 가능성이 높았다.

'카메라…… 없고, 뭐지?'

수현은 잔을 홀짝거리며 생각에 잠겼다. 주변에 딱히 감시할 만한 방법이 없었다. 그런 그를 보며 진뤄궁이 어이없다는 표정을 지으며 지나갔다.

저놈 지금 뭐 하는 거야?

"……!"

수현은 자리에서 벌떡 일어섰다. 떠오르는 게 있었다.

'저놈도 아니고, 저놈도 아니고…….'

사람들의 얼굴에서 느껴지는 감정은 대체로 비슷했다. 무슨 일이 일어나고 있는지에 대한 불안함.

수현은 우샹카이에게서 이 자리에 있는 사람들의 리스트를 몰래 받아서 확인했다. 위장 불가능한 위치에 있는 사람들은 전부 거르고, 들어올 만한 일반인 중에서 수상쩍은 움직임을 보이는 사람을 찾아야 했다.

'아, 저놈이군.'

수현은 주변을 두리번거리며 한 걸음씩 접근했다. 남자는 눈을 굴리며 사람들의 움직임을 보고 있었다. 타인을 관찰하는 것 같은 움직임에, 연락까지 하고 있었으니……

퍽!

"……?!"

수현은 바로 남자를 끌고 들어갔다. 층 자체는 넓고 사각이 많아서 움직이는 데 문제는 없었다. 텔레포트를 당하자 남자는 정신을 차리지 못하고 두리번거렸다.

"이게 뭔……?!"

"네 동료 어딨냐?"

"……?!"

"5초 준다. 그 안에 말해."

이럴 때는 굳이 길게 설명할 필요가 없었다. 최대한 충격을 주고 강하게 협박해야 했다. 상대방이 머리를 굴릴 시간을 주지 않는 것이다. 목이 졸린 남자는 기묘한 소리를 냈다.

"잠, 잠깐……"

"3, 2……"

힘이 점점 강해지자 남자는 무심코 입을 열었다.

"밑에, 밑에 있습니다!"

"좋아, 연락 가능하겠지? 연락해 봐."

남자는 저질렀다는 표정을 지었다. 이렇게 일을 망쳐 버리다니.

　─무슨 일이냐?

　"저, 저……."

　"별건 아니고. 무슨 생각으로 이런 걸 했는지 궁금해서 말이야. 그것도 하필 내가 있을 때. 내가 이 자리에 있는 건 알고 있었나?"

　─……김수현, 맞나?

　상대방은 수현의 목소리를 듣자마자 일이 틀어진 걸 깨달은 모양이었다. 그는 바로 수현의 이름을 말했다.

　"뭐야, 내가 있는 걸 알고 있었어?"

　수현은 살짝 놀랐다. 그가 있는 걸 알고서도 이런 짓을 저지르다니. 수현은 목을 잡힌 남자를 보며 물었다.

　"알고 있는데 이런 짓을 했단 말이야? 날 상대할 방법이라도 있었나?"

　─취소하기에는 너무 늦었으니까.

　"아, 이제 이해가 가는군."

　준비를 다 했는데 뒤늦게 수현이 있다는 걸 알았을 때의 그 곤혹스러움. 이해는 갔다. 이런 건 취소하고 싶어도 마음대로 취소할 수가 없었다. 한번 시작하면 끝까지 갈 수밖에 없었다.

그건 수현이 있더라도 마찬가지였다.

–뭘 원하나? 원하는 게 있다면 협상할 생각이 있다. 말해
봐라.

"호. 이런 적극적인 태도, 아주 좋아. 대화하고 싶은 생각
을 들게 만드는군."

"……."

상대방이 머리가 좋은 건 알고 있었지만, 이렇게 바로 고
분고분하게 나올 줄은 몰랐다. 원하는 걸 이루기 위해서는
뭐든지 할 수 있는 사람이나 이런 태도가 가능했다.

"원하는 건 자세한 걸 듣고 결정하지. 지금 범죄자를 석방
하라고 교섭한 모양이던데, 누구지?"

–범죄자가 아니다. 우리 쪽 사람이다.

"그래, 그래, 너희 쪽 범죄자."

"범, 범죄자가 아닙니다."

수현에게 목을 졸렸던 남자가 눈치를 보며 입을 열었다.

"그러면 누군데?"

"저희 쪽 운동가인데…… 중국 정부에 잡혀 있는 상태입
니다."

–어차피 우리가 누군지는 알 수 있을 테니 그냥 말하도록
하지. 우리는 조비르족이다.

"조비르족이라면……."

수현은 기억을 더듬었다. 분명 중국 쪽에 있는 소수민족 중 하나였다. 캉샤 조비르족 자치구는 위구르 자치구나 티베트 자치구처럼 독립운동이 격렬하게 벌어지고 있는 중국의 지역 중 하나였다.

−우리가 원하는 건 어르신을 모시고 나오는 거다. 원하는 게 있다면 말해라.

"재미있군."

−……?

"아니, 자세한 이야기는 직접 만나서 하도록 하지."

−……!

얼굴은 보지 못해도 당황스러움이 느껴질 정도였다. 수현은 냉정하게 말했다.

"거래를 받아들이면 이 자리에서는 가만히 있지. 그러면 너희들도 별로 어렵지 않게 일을 끝낼 수 있을 거다. 만약 받아들이지 않는다면, 나는 그냥 알아서 행동하겠다."

−아무리 너라도 이 주변에 설치한 폭탄을 전부 없앨 수는……

수현은 가방에서 슬라임을 꺼내 옆으로 집어 던졌다. 남자는 깜짝 놀라서 피하려고 했지만 슬라임이 더 빨랐다. 슬라임은 남자의 몸 주변을 강력하게 흡입했다. 남자의 옷 안에 숨겨놨던 폭탄이 그대로 빨려 들어갔다.

"……?!"

"쓸 만한 재주지? 그리고 그 폭탄 터뜨려 봤자 너만 죽으니까 쓸데없는 생각은 하지 말라고."

수현은 남자를 잡았을 때부터 안에 폭탄을 달고 있다는 걸 알고 있었다. 굳이 위협이 안 되니 내버려 뒀을 뿐.

"대, 대장. 이 사람…… 폭탄을 그냥 지워 버렸어요."

"결정해라. 서로 원하는 걸 얻을지, 아니면 그냥 각자 갈 길을 갈지."

─……알겠다. 직접 만나도록 하지.

"대장?!"

─그 친구는 그냥 보내주겠나?

"얼굴을 보면 보내주지. 그러면 나중에 보자고."

수현은 남자를 툭툭 치고는 밖으로 나갔다. 방금 그런 일이 있었다고는 아무도 상상하지 못할 것이다.

몇 시간이 지나자 통행 제한이 풀렸다. 안에 있던 사람들은 그제야 밖으로 나올 수 있었다.

"이렇게 나와도 됩니까?"

"내가 묵는 호텔로 돌아가기는 해야겠지. 아직 대화가 다 끝나지는 않았으니까. 그나저나 조금 떨어져서 걸어. 여기 보는 눈이 한두 개가 아니라고. 괜히 의심받고 싶지 않으면 조심해."

"네, 네."

남자는 긴장해서 딸꾹질을 했다. 수현 옆에서 걸어가는 것이 보통 긴장되는 게 아니었다. 중국을 상대로 테러를 벌이는 것과는 또 다른 두려움이었다.

"인질은 석방됐나?"

"그런 것 같습니다."

"이를 갈겠군. 용케 이런 일을 했어. 감시가 만만치 않았을 텐데."

남자는 속으로 동의했다. 그들이 이번에 한 일은 그들이 생각해도 정말 대단한 일이었다. 초능력 상쇄 장치를 구하고, 온갖 감시를 뚫고 모임이 있는 건물에 폭탄을 설치했으니까. 다만 거기에 김수현도 초대를 받을 거라고는 생각을 못 했었지만……

수현은 시간을 확인했다. 아직 중국인들은 방금 있었던 사태를 정리하느라 정신이 없을 것이다. 덕분에 그에게도 호텔에 가서 쉬라는 말만 했을 뿐, 그 이상 물어보진 않았다.

그 우샹카이도 설마 상상하지는 못했을 것이다. 수현이 현장에서 범인과 접촉해서 협상을 시도했을 거라고는.

원하는 걸 위해서라면 악마와도 협상할 수 있는 게 수현이었다.

"저, 그런데……."

"……?"

"뭘 원하시는 겁니까?"

남자가 생각하기에 수현이 그들에게 원할 게 없었다. 물론 돈이나 그런 건 마련할 수 있었지만, 수현 정도 되는 사람이 돈이 없어서 그들을 잡고 협박하지는 않을 것 같았다.

당장에 인공 아티팩트만 몇 개 팔아도 그들에게서 얻을 수 있는 돈보다 더 많이 얻을 수 있을 것 아닌가.

"뭘 원하냐니?"

"저희한테 원하시는 게 있어서 협상하려고 하는 거 아니었습니까?"

"그렇지."

수현은 고개를 끄덕이며 말했다.

"이런 말을 아나? 적의 적은 친구라고."

"……?"

"우리는 괜찮은 친구가 될 수 있을지도 모르겠어."

"그게 무슨……?"

"독립운동한다고 하지 않았나? 중국에게서?"

"예? 예……."

"나는 중국을 좋아해."

"……??"

"그래서 중국이 여러 개면 더 좋겠단 말이지."

"……!"

카메론에서 우샹카이를 손에 쥐면 중국이 가진 대부분의 권한을 가질 수 있었다. 그러나 몇 가지 변수는 있었다. 중국 본토의 관심이었다. 중국 본토에서 명령을 내리면 우샹카이는 거역할 수가 없었다.

'일이 이렇게 돌아오다니.'

가장 아이러니한 건 그 변수를 만든 게 수현이라는 것이었다. 수현 덕분에 인공 아티팩트가 만들어졌고, 수현 덕분에 카메론의 앞바다가 열렸다. 그것 때문에 원래 관심을 두지 않았을 사람들까지 관심을 가졌다.

장타핑 같은 지구 정치인들은 카메론에 대해 제대로 관심을 가지지 않았다. 이슈가 터지거나 누군가 다른 사람이 프로젝트를 시작하면 그때 관심을 가졌다.

회장은 카메론에서 선구자로 이름이 높았다. 그런 회장이 새로 바다에서 무언가를 하니, 잘 모르는 사람들도 '저게 좋은 건가 보다' 하고 관심을 가지는 것이다.

수현을 이 자리에 부른 것도 그런 교섭의 일환이었다.

'인공 아티팩트를 안 빌려주는 건 쉽지만…….'

거절하는 건 쉬웠다. 그냥 너희한테는 안 준다! 이렇게 끊으면 중국 쪽에서 가져갈 방법은 없었으니까.

그렇지만 그건 하책이었다. 수현이 거절한다고 얌전히 있을 놈들이 아니었다. 중국도 대국이었다. 다른 식으로 머리를 굴려서 바다를 개척할 생각을 할 것이다. 그리고 그런 것까지 수현이 알아차릴 수는 없었다.

'바다는 조금 더 미개척지로 남아줬으면 좋겠는데.'

최소 10년 정도는 회장의 회사와 수현만이 접근할 수 있었으면 했다. 그 밑의 블루 드래곤은 회장도 존재를 몰랐다. 수현은 블루 드래곤과의 대화를 떠올렸다.

단순히 드래곤의 죽음뿐만이 아니라, 수현은 드래곤에게서 묻고 싶었던 건 다 물어보았다. 초능력부터 시작해서 마법까지. 다른 드래곤에 대해 아는 것이 있냐고.

그러나 돌아온 대답은 실망스러웠다.

"주인님께서는 기억하시지 못하십니다."

"레드 드래곤은 아주 예전에 죽었습니다."

"그건 기억하시지 못하십니다."

대부분 수현이 알거나, 잊어버렸거나, 별로 도움이 되지 않는 대답뿐이었던 것이다. 계속 캐묻던 수현도 결국 포기하고 물러섰다. 이제 기대하고 있는 건 블루 드래곤의 죽음 정도였다.

그런 도중에 아이디어가 떠올랐다. 중국이 카메론에서 새로운 일을 벌이지 못하게 하는 방법. 그건 인공 아티팩트를 대여해 주지 않는 게 아니었다. 본토에서 새로운 일을 만들어주는 것이었다.

많은 시간이 지났지만 중국은 아직도 소수민족을 완전히 끌어안지 못한 상태였다. 강제로 포섭된 소수민족과 그들이 살고 있는 지역은 언제 터질지 모르는 시한폭탄이었다.

그리고 카메론에서 발견된 초능력은 테러를 다른 영역으로 바꿔놓았다. 초능력을 사용한 테러는 예전처럼 철저하게 통제할 수 있는 게 아니었다. 조금이라도 빈틈이 보이면 바로 사고가 났다.

"초능력자는 좀 보유하고 있나?"

"저희 말입니까?"

중국에서 카메론을 개척할 때, 소수민족이 참여하는 경우가 많았다. 언제나 새로운 기회를 잡고 싶어 하는 건 아쉬운 게 많은 사람들이었던 것이다. 당연히 초능력자도 제법 있었다.

"그렇긴 합니다만……."

"좋아, 내가 몇 가지 방법을 알려주지."

초능력자를 이용한 유격전으로 끝나지 않았다. 수현이 쓸 수 있는 패는 몇 가지가 더 있었다. 언데드를 일으킬 수도 있었고, 몬스터를 지역에 풀 수도 있었다.

혼란을 만들기에는 충분했다.

"여행은 어떠셨습니까?"

"재밌었지, 신기한 일도 있었고."

"그래요? 중국 애들이 부탁이라도 했습니까?"

"아, 그것도 있긴 하지."

물론 수현은 두루뭉술하게 말끝을 흐리다가 결국 확답을 하지 않고 끝냈다. 인공 아티팩트는 그들에게 줄 생각이 없었다. 게다가 시간이 더 지나면 그들은 카메론의 바다에 신경 쓸 여유가 없어질 것이다.

"중국 정부를 너무 믿지 않으시는 게 좋을 겁니다."

앉아 있던 왕하이가 입을 열었다. 그걸 본 김창식이 고개를 갸웃거렸다.

"너 그렇게 말해도 괜찮냐?"

"어차피 고발할 사람도 이 자리에 없는데 상관없죠."

"푸하하! 맞는 말이긴 하네!"

김창식은 냉정한 왕하이의 태도에 웃으면서 걸어가 버렸다. 왕하이는 수현을 보며 물었다.

"팀장님, 여기서 난 폭발 사고…… 혹시 팀장님이 가신 곳

아닙니까?"

다른 팀원과 달리 왕하이는 중국 내부의 뉴스를 챙겨보는 사람이었다. 테러범들이 일으킨 협박은 간단하게 폭발 사고로 축소되어서 처리되었지만, 인터넷에 간단하게 뉴스로 올라오는 것까지 막을 수는 없었다.

"오, 예리하군. 거기 맞아."

"괜찮으십니까?"

"내가 폭발로 다칠 거 같나?"

"아니요, 그런 뜻이 아니라…… 정부 쪽에서 무언가 한 게 아닌가 싶어서 여쭤본 것이었습니다."

"아, 그런 뜻이었나."

수현을 상대로 무슨 습격이라도 한 게 아닌가, 그런 의미로 물어본 것이다.

수현은 새삼스럽게 의아해졌다. 왕하이는 아무리 봐도 중국 쪽에 호의적인 태도가 아니었다. 보통 정부에 협력하지는 않아도 저렇게 적대적인 태도는 드물었다.

"그리고 보니…… 너는 중국을 별로 안 좋아하나?"

"좋아하지는 않습니다."

"싫어하는 것 같은데."

왕하이는 어깨를 으쓱거렸다.

"부정하지는 않겠습니다. 무슨 문제라도 됩니까?"

"반대면 모를까 같이 싫어하는데 무슨 문제가 되겠어. 그냥 궁금해서 물어본 거야."

"정부가 일을 민주적으로 처리하지는 않잖습니까."

"그렇긴 하지."

"여러모로 더러운 일도 하고 말이죠."

"그것도 그렇고."

대답하면서 수현은 살짝 양심이 찔렸다. 생각해 보니 그도 다 저 지적에 포함되는 사람이었다.

"좋아할 이유가 없습니다. 게다가 저는 한족 출신도 아니라서요. 다른 중국인들처럼 충성할 생각이 안 드는군요."

"소수민족 출신이었어?"

"문제가 있습니까?"

"거, 묻기만 하면 까칠하게 대답하는 건 좀 그만하지?"

"죄, 죄송합니다."

"그냥 호기심이라고 했잖아."

"말하셔도 모를 겁니다. 조비르족 출신이긴 한데, 가족이 아주 예전에 고향을 떠났으니 말입니다. 서류에도 안 나와 있을 겁니다."

왕하이의 서류에는 그런 게 전혀 쓰여 있지 않았다. 이제까지 잘 숨긴 게 분명했다. 그걸 알았다면 중국 정부에서 왕하이를 섣불리 추천하지 않았을 것이다. 아무리 미끼라도 말이다.

"믿고 말해주니 조금 감동적인데."

"팀장님께서 숨기시는 걸 별로 좋아하지 않으실 것 같아서 말입니다."

"그렇긴 하지."

수현은 살짝 고민했다.

지금 꾸미고 있는 걸 왕하이에게 말을 해줄까?

태도를 보면 괜히 입을 놀리고 다니지는 않을 것이다. 그건 확실했다.

"팀장님, 오크들 도착했답니다."

"그래? 지금 나간다고 전해."

수현은 고르간에게 나오라고 말했다. 수중 도시의 오크들과 같이 다닐 거라면 그나마 오크들이 좀 나을 것이다.

그들이 선민의식이 있고 다른 종족을 깔보기는 했지만, 수현에게 몇 번 맞고 나서 그런 태도를 노골적으로 보이지는 않았다.

그리고 아직 쓸모가 있었으니까. 잘 구슬려서 잡아둬야 했다.

수현은 걸어 나가면서 주먹을 쥐었다 폈다. 손바닥 위에서 점멸하는 푸른빛이 나타났다가 사라졌다. 힘을 집중시키니 조금 더 큰 타원형으로 변했다.

'차원문은 이렇게 진도가 빠른데 말이지…….'

처음에 겁을 먹었던 것과 달리, 차원문을 다루는 건 점점 진척이 보이고 있었다.

힘을 주고 공간에 구멍을 뚫은 다음 그 너머를 감각으로 엿보는 것이다. 수현이 이미 알고, 거리가 가까우면 찾는 게 쉬웠다.

그에 비해 시간을 다루는 건 아직도 진척이 없었다. 이건 어디에 물어볼 수도 없었다. 예전에 시간을 다루던 드워프는 죽은 지 오래였고, 지금 시대에 시간을 다루는 사람은 찾아볼 수가 없었다. 블루 드래곤에게서 조금 기대했는데 저건 거의 노망 수준으로 아는 게 적었으니…….

"잘 부탁드리겠습니다!"

"그래, 나도 잘 부탁해."

수현은 일단 생각하던 것을 버려두고 수중 도시의 오크들에게 도시를 설명할 준비를 했다. 평생 물 밑에서 살던 오크들을 꼬드기는 건 그에게 손쉬운 일이었다.

"그게 무슨 소리십니까! 확답을 해주실 수 없다니! 저번에 직접 만나서 이야기를 드렸을 때는 긍정적으로 대답을 해주셨잖습니까!"

"그게 정확히 말하자면 확답은 아니었지. 의원님께서 인사치레로 말한 걸 착각한 건 아닌가?"

이중영은 이를 악물었다. 바칠 걸 다 바쳐서 기껏 선을 만들어 놨는데, 김 의원은 말을 바꾸고 있었다.

그의 비서관은 언제 뇌물을 받았냐는 듯이 매몰차게 그를 대했다.

"저는 의원님께 분명히 약속한 걸 드렸습니다."

"그래그래, 잘 아네. 의원님께서도 기뻐하셨지. 자네 마음을 잘 아시겠다고 하셨어."

'그러면 약속한 걸 내놔야 하지 않겠나!'

이중영은 속으로 욕이 나오는 걸 참아야 했다. 이런 식으로 먹고 입을 닦을 줄이야. 김 의원 정도 되는 사람이 이렇게 뒤통수를 칠 줄은 몰랐다. 오직 자리만이 그가 원하는 것이었다.

"정말 이렇게 나오실 겁니까?"

"허, 이 사람 보게. 협박이라도 하는 건가?"

"협박을 하는 게 아닙니다. 저는 자리에 올라갈 만한 자격이 있습니다. 제가 한 일들을 보십시오!"

"자네가 한 일들? 그래, 자네가 노력한 건 알지. 그렇지만 세상일이라는 게 꼭 노력한다고 되는 게 아니잖나? 솔직하게 말해서, 김수현은……."

김수현의 이름이 나오자 이중영은 움찔했다.

"이번에 또 크게 일을 벌였지. 아직까지 아무도 발을 내밀지 못한 카메론의 바다를 개척하기 시작했어. 거기에 비하면 자네가 한 일은 좀…… 초라하지 않나?"

"그놈이 하는 일과 제가 한 일은 전혀 상관이 없습니다."

"상관이 있지. 김수현 정도 되는 사람은 공을 자랑하지 않고 가만히 있는데 자네가 그런 일 몇 개 했다고 덜컥 자리에 앉힌다면 여론의 눈치가 보이지 않겠나?"

"김수현이 공직에 관심이 있단 말입니까?!"

"큼, 꼭 그렇다는 건 아니고…… 행성관리부에도 김수현의 사람들이 있잖은가. 괜히 문제 제기라도 한다면…… 의원님은 국민의 눈을 신경 쓰실 수밖에 없다네. 아무렴, 국회의원이시니 말이네."

말은 청산유수였다. 이중영은 이를 갈았다. 김수현이 공직에 관심이 없는 것 같아서 전혀 생각하지 못하고 있었는데, 생각해 보니 놈은 놈의 사람을 요소요소에 두고 있었다.

예전부터 같이 협력해 온 사이였으니까 꼭두각시는 넘치게 갖고 있을 것이다. 마음만 먹는다면 장관 자리에 자기 사람을 앉히는 것 정도는 충분히 할 수 있을 것이다.

이중영은 마음이 조급해지는 걸 느꼈다. 지금이야 아직 모르는 상황이지만 김수현이 선수를 쳐서 앉아버리면⋯⋯.

그는 수현이 이미 밀약을 맺었다는 걸 알지 못했다.

'김수현이 공직을 탐내고 있는 건가?'

김 의원의 태도를 보니 충분히 가능성이 있었다. 장관 자리는 이중영이 원하는 전부였다. 그걸 뺏기면 그가 이제까지 해온 것들은 모두 의미가 없는 일이 되는 것이었다.

"알겠습니다."

보좌관과의 연락이 끊기자 이중영은 굳은 얼굴로 부하들을 불렀다. 이걸 해야 하나, 말아야 하나 고민을 많이 했었다. 아무리 이중영이라도 이 계획은 지나치게 위험해 보였던 것이다.

그러나 지금 상황은 이 계획에 손을 뻗게 만들었다. 그만큼 수현과의 격차가 심하게 났다. 정상적인 방법으로는 마법사인 수현을 따라갈 수가 없었다.

이대로 가다가 자리를 뺏기는 것보다는, 차라리 도박에 걸어보고 싶었다. 성공만 한다면 그의 이름은 카메론의 역사에 새겨질 테니까.

"포획 작전을 준비해라."

"⋯⋯!"

이중영이 노리고 있는 건 딱 하나였다.

드래곤의 알.

믿을 만한 이종족 정보원한테서 입수한 정보였다. 드라고 니아 계곡에서 사라졌던 드래곤이 새로 둥지를 튼 곳이 있다 고. 거기서 알을 발견했다고.

이제까지 인류가 드래곤을 상대하면서 얻은 정보는 별로 없었다. 드래곤이 정말로 강력해서 군대 정도는 그대로 찢어 발길 힘이 있다는 것 말고는.

드래곤이 어떻게 태어나고 어떻게 번식하는지, 아는 사람 은 아무도 없었다.

수현은 드래곤을 상대하면서 얻어낸 정보들을 공유하지 않았기 때문에 수현을 제외하고 아는 사람도 없었다.

인류에게 드래곤은 아직도 미지의 몬스터였다.

그런 상황에서 드래곤의 알을 발견한 건 정말 대단한 발견 이었다. 이중영은 부하에게서 그 말을 듣고 신중하게 행동했 다. 정보를 바로 공유하지 않고 숨긴 것이다. 공유하는 순간 날파리들이 꼬일 테니까.

이런 정보를 먼저 발견한 사람으로 만족할 생각은 조금도 없었다. 그가 활용할 수 없다면 다른 사람도 활용할 수 없었 다. 이중영은 정보를 숨기고 어떻게 써먹어야 가장 좋을지 고민했다. 그러나 답은 바로 나오지 않았다.

가장 좋은 건 드래곤의 눈을 피해 몰래 들어가 알을 갖고 나오는 것이었다. 그러나 아무리 간덩이가 크고 야망이 넘치는 이중영이라도 그건 쉽게 결정할 수가 없었다.

그도 드래곤 슬레이어 프로젝트의 참사를 알고 있었기 때문이었다. 분노한 드래곤은 재앙 중의 재앙이었다. 그 생각만 해도 등골이 오싹해졌다.

하지만……

'이대로 가면 패배한다.'

이중영에게 수현은 넘을 수 없는 벽처럼 느껴졌다. 능력도 대단한 놈이 그가 소소하게 벌인, 용병 회사 장악 건도 방해를 해버리니 도저히 뭘 할 수가 없었다.

수현이 조금만 더 만만해 보였다면 이렇게까지 극단적으로 가지는 않았을 것이다. 그러나 너무 큰 격차가 이중영에게 극단적인 선택을 하게 만들었다.

'드래곤의 알을 가져온다!'

일단 새끼 드래곤만 손에 넣는다면 그걸 키워서 인류의 가장 큰 무기로 만들 수 있었다.

인공 아티팩트?

드래곤에 비한다면 우스운 무기였다.

그러나 이중영은 너무 얕보고 있었다. 카메론도, 드래곤도, 그리고 김수현도 말이다.

"정말로 우리를 도와주시는 겁니까?"

"속고만 살았나, 도와준다니까."

조비르족 무리를 이끄는 리허싱은 도저히 이해가 안 간다는 표정을 지었다. 그의 상식선에서, 수현이 그들을 도와주는 건 정말로 말도 안 되는 일이었다.

전 세계에서 한 명밖에 없는 유일한 마법사. 지위만 따지고 본다면 아쉬울 게 하나도 없는 지위였다. 인공 아티팩트를 개발한 것으로 다른 국가들이 눈치를 본다는 말이 있을 정도로 수현은 현재 독보적이었다.

그에 비해 그들은 말이 독립운동가였지, 국제적으로 보면 테러리스트나 다름없었다.

중국은 대국이었고, 그만큼 국제 사회에 끼치는 영향력도 강했다. 그들이 아무리 독립을 주장해 봤자 국제적으로 영향을 끼치는 건 무리였다.

그런데 수현은 그들을 도와준다고 말했다. 납득이 되지 않았다. 대체 뭐가 아쉬워서?

리허싱은 일단 궁금증을 참고 물었다. 수현이 어떤 이유로 도와주는지는 사실 중요하지 않았다. 중요한 건 어떻게 도와주느냐였다. 인공 아티팩트 같은 걸 빌려주기만 해도…….

"혹시 어떻게 도와주실 생각이신지……."

자연스럽게 태도가 공손해지고 조심스러워졌다. 수현은 책상을 손가락으로 두드리며 말했다.

"그쪽은 지구에서 싸우고 있겠지?"

"예."

"부족한 게 많을 텐데, 가장 필요한 게 뭐라고 생각하나?"

수현의 질문에 리허싱은 생각에 잠겼다. 평범하게 묻는 것 같지 않았다. 잘 생각해서 대답해야 했다.

그들은 지금 숨어다니는 처지였다. 도시에 숨거나, 아니면 오지에 숨어서 감시를 피하다가 기회가 생기면 모여서 일을 벌였다. 중국군에 비하면 무장도 규모도 보잘것없었으니 그들이 믿을 수 있는 건 초능력뿐이었다.

"아티팩트입니까?"

"아티팩트가 있으면 중국군을 이길 수 있나?"

"지금보다는 낫지 않겠습니까?"

"별로 똑똑한 대답은 아니군."

리허싱은 수현의 말에 발끈했다. 그러나 뒤에 이어지는 수현의 말에 수긍할 수밖에 없었다.

"아티팩트 몇십 개가 더 주어진다고 달라지는 건 없어. 아티팩트를 누가 쓰지? 초능력자가 쓴다. 아티팩트가 많아지면 공격할 방법이야 많아지겠지만, 결국 한계는 똑같아. 초능력자 자체가 많지 않으면 쓰다가 사람이 먼저 지칠 거다. 저번처럼 테러야 가능하겠지만 중국군이 몰려오면 제대로 싸우는 건 무리지."

"……그러면 인공 아티팩트는 어떻습니까?"

"인공 아티팩트, 좋지. 대형에, 초능력자 없어도 쓸 수 있고. 그런데 그걸 가져가서 쓰려고? 쓰는 순간 당장 중국 정부 쪽에서 나한테 캐물을 텐데. 저걸 저놈들이 어떻게 갖고 있냐고."

"그건 그렇군요."

"게다가 초능력을 너무 과신하고 있는 것 같은데, 인공 아티팩트라고 만능은 아니야. 몬스터 상대로는 효과가 좋지만 군대를 상대할 때는 큰 의미가 없어. 방어막이 폭격에 얼마나 견딜 거 같나? 폭격은 계속할 수 있지만 연료는 한계가 있거든."

리허싱은 더 이상 할 말이 없었다. 그렇다면 지금 그들에게 가장 필요한 건 무엇이란 말인가?

"잘 모르겠습니다."

"몬스터야."

"……?"

"생각해 봐. 몬스터만큼 완벽한 방법도 없어. 대형 몬스터가 한번 등장하면 군대는 거기에 집중할 수밖에 없지. 거기서 처리에 실수라도 하면 부대 몇 개는 순식간에 날아가. 가장 좋은 건 의심을 덜 받는다는 거야. 초능력자들이 군부대를 습격하면 당장 중국군이 몰려오겠지만, 몬스터가 군부대를 습격하면 차원문 때문인가 보다 하고 넘어갈 테니까."

"……??"

리허싱은 혼란에 빠진 얼굴로 물었다.

"네, 그렇습니다만…… 몬스터는 불가능하잖습니까?"

"왜 불가능하지? 중국 쪽에서 몬스터 유도 장치를 개발한 거 모르나?"

"그건 압니다. 저희 쪽에는 카메론 출신 용병들뿐만이 아니라 카메론의 중국군에서 복무한 군인들도 있으니 말입니다."

초능력 상쇄 장치, 몬스터 유도 장치. 모두 다 중국에서 개발이 된 물건이었다.

"그렇지만 문제는 유도가 아니라 몬스터를 어떻게 지구로 데리고 가느냐 아닙니까?"

몬스터를 지구에서 무기로 쓴다.

참신한 생각이었지만 수현이 처음 한 생각은 아니었다. 중국 쪽이 아닌 다른 곳의 테러리스트들도 비슷한 생각을 한 적이 있었다.

-몬스터를 생포해서 데리고 간 다음 풀어버리면 어지간

한 테러보다 더 강력한 효과가 나타나지 않을까?

차원문이 열렸다고 지구에 평화가 찾아온 건 아니었다. 분쟁 지역은 여전히 분쟁 지역이었고 싸우는 사람들은 여전히 싸웠다.

그러나 저런 방법은 한 번도 실행되지 못했다.

생각해 보면 간단했다. 저런 방법을 쓰려면 일단 카메론에서 몬스터를 생포하고, 카메론의 차원문까지 몬스터를 갖고 가야 했다. 4개국의 군대가 엄중하게 지키는 카메론의 차원문 말이다.

거기서 감시를 통과해서 지구로 간 다음 다시 쓸 만한 곳으로 옮겨야 하는데, 이게 가능할 리 없었다. 평양 차원문 주변은 매우 엄격하게 관리되는 곳이었다.

"꼭 차원문을 평양 차원문만 써야 한다는 법은 없지."

"예?"

"차원문 소란 때 봤을 텐데? 차원문은 어디에서든지 열릴 수 있어."

리허싱은 수현의 말에서 무언가를 눈치챘다.

설마 지금 차원문을 통제할 수 있다고 말하는 건가?

말도 안 됐다. 개인이 차원문을 통제하다니. 그건 상식의 바깥에 있는 일이었다.

"이런 식으로!"

"……!"

허공에서 순간적으로 터져 나왔다가 사라지는 푸른색 타원. 평양 차원문을 이용한 경험이 많은 리허싱이었기에 직감적으로 알 수 있었다. 저건 진짜였다.

"어, 어떻게……!"

"지금 그게 중요한가? 중요한 건 이걸로 몬스터를 부를 수 있다는 거지."

수현은 비석을 건넸다. 발견한 비석이 아닌, 수현이 새로 만든 비석이었다. 나중에 들켜도 문제가 되지 않게 대충 카메론의 유물처럼 보이게 처리하기는 했지만 명백히 가짜였다.

차원문을 점점 다룰 수 있게 되자 수현은 왜 러벤펠트가 비석을 썼는지 이해할 수 있었다.

좌표가 필요했다. 차원문의 입구와 출구를 결정짓는 좌표. 그런 것 없이 개인의 힘으로만 고정하는 건 너무 힘이 들었다.

자기만이 기억할 수 있는 무언가를 좌표로 삼는다. 단순히 그것만으로도 일이 매우 쉬워졌다.

"차원문이 열린다면 이 비석 위에서 열리게 될 거다. 몬스터도 당연히 여기서 나오겠지."

"어, 어떤 몬스터를?"

리허싱의 목소리가 떨렸다. 수현은 어깨를 으쓱거렸다.

"이제부터 슬슬 잡아봐야지. 대형 몬스터에, 사고 좀 크게 칠 수 있는 몬스터면 뭐든 좋아. 그건 걱정하지 말고. 초능력자야 꽤 있는 것 같던데, 장비는 어떻지?"

"나름 갖고 있는 편입니다. 96식 파워 아머하고……."

"그건 너무 구형인데."

"아, 흑곰 파워 아머도 있습니다."

"……."

수현은 어이가 없었다. 아니, 아무리 문제가 생겨서 폐기를 했어도 그렇지, 해외 테러리스트들 손에 들어가게 되다니. 도대체 한국군은 물건 관리를 어떻게 한 건가?

'아니, 묻고 싶지도 않다.'

수현은 손을 절레절레 흔들며 말했다.

"없는 것보단 낫겠지만 그것도 쓸 만한 물건은 아니군. 일단 몬스터를 퍼뜨려서 혼란을 만들면 장비부터 챙기는 게 나을 거야."

"예, 알겠습니다."

"가장 처음은 이게 좋겠지."

"……?"

리허싱은 수현이 내민 검은색 가죽 가방을 받아 들었다. 뭐로 만들었는지 매우 묵직했다.

"알타라늄인데, 너무 눈에 띄어서 평범하게 겉을 씌웠지."

"알타라늄 말입니까?!"

발견되는 것만으로도 온갖 사람을 부르는 희귀 금속. 그걸로 만든 가방이라니 그 자체로도 놀라웠다.

"크기가 크기니 평양 차원문을 통과할 때 걸리지는 않을 거야. 검사기로도 나오지 않을 거고."

지금 리허싱은 차원문을 넘어서 카메론에 와 있었다. 물론 수현을 만나기 위해서였다. 위조된 신분을 썼지만 그렇게 어렵지는 않았다.

"안에 뭐가 들었습니까?"

"아주 사악한 몬스터가 들어 있지. 풀 때 조심하라고. 던져 놓으면 알아서 박살을 낼 거야. 이미 전적이 있는 놈이지."

수현의 말에 리허싱은 잔뜩 긴장한 얼굴로 고개를 끄덕였다.

대체 어떤 몬스터기에?

"연락은 별로 어렵지 않겠지. 몬스터는 구하는 대로 보내 줄 테니…… 열심히 해보라고."

열심히 하라는 말이 이 상황에 뭔가 안 어울리기는 했지만, 리허싱은 굳은 얼굴로 다시 고개를 끄덕였다. 이건 그들에게 찾아온 천재일우의 기회였다.

"아, 그리고 혹시 독립운동 펼치는 다른 사람들에 대해서는 아는 거 없나?"

"……?"

중국 쪽에서 독립을 주장하는 소수민족은 하나가 아니었다. 수현의 질문에 리허싱은 머뭇거리다가 말했다.

"연락할 수 있는 라인이 있기는 한데……."

"말을 전해. 이런 좋은 기회를 혼자 독점하면 안 되지."

"……."

리허싱은 속으로 전율했다.

수현은 대체 무엇을 노리고 있는 것인가?

"오우거 하나, 와이번 하나……."

"이렇게까지 해서 잡을 이유가 있어?"

"다 이유가 있으니까 하는 거지."

수현은 말과 함께 비석의 차원문을 열고 생포한 몬스터를 보내 버렸다. 그걸 본 루이릴이 기겁해서 물었다.

"바, 방금 뭐였어?!"

"차원문. 어디 가서 말하고 다니지 마라."

79장
드래곤

"점점 인간이 아니게 되어가는 거 같은데……."

"인간 아닌 엘프가 뭐라고 하는 거야?"

지금 그들은 몬스터를 생포하기 위해 와 있었다. 수현은 중국 본토 쪽에 보낼 몬스터를 찾기 위해 분주하게 움직였다.

다행히 카메론의 몬스터에 대해 수현은 전문가 중의 전문가에 가까웠다. 그보다 더 잘 아는 사람은 찾기 드물 정도로.

어떤 몬스터를 보내야 중국군이 상대하기 까다로울까? 어떤 몬스터를 보내야 시간을 많이 끌고 상대의 골치가 아파질까?

상대방의 입장이 되어서 가장 괴로울 만한 몬스터만 찾아서 보내는 재능!

중국군들이 알게 되면 뒷목을 잡고 쓰러질 만한 일이었다. 심지어 이건 우샹카이도 모르고 있었다. 수현은 굳이 말하지 않았다.

'괜히 알게 되어서 좋을 게 없지.'

만약 일이 복잡해지면 그들도 지구로 가서 몬스터와 싸워야 했다. 중국 내에서 몬스터에 대응할 수 있는 스페셜리스트들은 결국 카메론에 가 있는 사람들이니까.

"와이번을 이렇게 직접 생포하게 될 거라고는 생각도 못 했어."

"걱정 마. 앞으로 그런 경험 많이 하게 될 테니까."

루이릴은 갑자기 등골이 오싹해지는 걸 느꼈다.

"팀장님, 찾아오신 분들이 있는데요."

"회장?"

"아니요."

"정부?"

"아닙니다."

"뭐 다른 나라에서 보낸 사람인가?"

수현은 중국 쪽에서 사람을 보낸 게 아닌가 짐작했다. 그가 몬스터를 보내기 시작한 다음부터, 중국 본토에서는 속보가 쏟아져 나왔다.

　-갑자기 다시 나타난 몬스터들, 그 원인은?
　-차원문 폭풍이 다시 시작됐나?
　-초기 대응을 성공적으로 마친 인민해방군. 사전 훈련이 주요했다.

　수현이 보기에 세 번째 뉴스는 아무리 봐도 당의 지시를 받은 뉴스였다.
　초기 대응을 성공적으로 마치기는 무슨⋯⋯.
　지금 지구에 있는 몬스터들은, 저번 소란 때 나타난 몬스터들이 잘 숨어서 처리되지 않은 정도였다. 인간의 손이 잘 닿지 않은 오지에 있다가 운 좋게 숨는 데 성공하거나 바닷속에 있었거나⋯⋯.
　그렇지만 그런 몬스터도 인류는 엄격하게 대처했다. 카메론과 달리 지구는 그런 몬스터 하나의 돌발 행동만으로도 얼마든지 위험해질 수 있었다.
　괜히 미국이 자국에 나타난 몬스터를 처리하기 위해 비싼 대가를 치러가면서 수현을 불러온 게 아니었다. 몬스터는 언제 터질지 모르는 폭탄이었다.

그런데 이번에 중국에서 소란을 피우는 몬스터들은 너무 예외적이었다. 모습을 숨기고 있었다고 하기에도 애매했다. 오우거 같은 거인 계열 몬스터들은 지구에서 몸을 숨기는 데 능숙하지 못한 놈들이었다. 당연히 중국 쪽에서는 의심을 할 수밖에 없었다.

─설마, 다시 차원문 소란이 시작되는 건가?

생각만 해도 악몽 같은 일이었다. 저번에 터진 차원문 소란은 그렇게 길지 않았다. 그러나 그것만으로도 인류에게는 엄청난 혼란을 가져왔다. 카메론의 모든 프로젝트는 멈추고 전력을 전부 갖고 와서 몬스터에게 대응해야 했다.

그런데 그런 일이 다시 터질지 모른다니.

게다가 이번에 다시 터진다면 차원문 소란의 주기가 생각보다 빠르다는 뜻이었다. 중국 내부에서는 초긴장 상태가 이어졌고, 다른 국가들도 긴장에 빠졌다. 중국에서 차원문 소란이 시작되면 당연히 다른 국가에서도 시작될 테니까.

덕분에 수현에게 걸려오는 연락이 솟구치고 있었다.

─우리 쪽에서도 인공 아티팩트를 배치하고 싶다!

미국이나 한국을 제외한 다른 국가들은 모두 인공 아티팩트를 중요 위치에 배치하고 싶어서 안달이었다. 아예 모르고 있었을 때에는 공포라도 없었지, 한번 차원문 소란을 경험하고 나자 모두 공포에 떨 수밖에 없었다.

아니, 미국도 완전히 안심하고 있는 건 아니었다. 인공 아티팩트를 보유하고 있기는 했지만 국토의 전체를 지키기에는 턱없이 모자랐다.

안 그래도 회장과의 사이가 아직 회복되지 않은 상황에서, 이런 위험은 매우 곤란했다.

'아, 젠장. 에멜늄 분량도 다 내가 만들어야 하는데…….'

보호막을 가동시키는 건 효율이 좋았지만 그래도 에멜늄을 녹이는 건 수현이었다. 보통 지겨운 게 아니었다. 게다가 이게 실제로 쓸 일이 있으면 상관이나 없지, 이 소란은 모두 가짜에 불과했다. 지금 중국 대륙으로 몬스터를 보내고 있는 건 수현이었으니까.

그렇다고 말할 수도 없고, 자업자득에 가까웠다. 그래서 수현은 찾아오는 사람이 있으면 없다고 말하라고 했다. 중국에서 가장 많이 찾아오겠지만 다른 나라도 마찬가지였다. 안 그래도 정신이 없는데 일일이 상대해 주고 싶지 않았다.

"내가 다른 나라에서 온 사람들 보면 나 없다고 하라고 했잖아?"

"아뇨, 그런 게 아니라…… 용병들입니다."

"뭐? 진돗개?"

"아니요. 포스트 오메가라고……."

"어디서 들어봤더라……."

수현은 인상을 찌푸리며 기억을 되살렸다. 분명, 예전에 드래곤 슬레이어 프로젝트 이후 박살 난 친정부 용병 기업들을 대체하기 위해 정부 쪽에서 지원을 해주던 용병 회사들이 있었다.

정부는 수현에게 이들 중 괜찮은 게 누군지 심사를 원했고, 수현은 꽤 냉정하게 대답을 했었다. 수현은 그런 면에서 냉정한 사람이었다.

"아, 기억이 나는데. 거기서 왔다고?"

"예, 돌려보낼까요?"

"멀리서 온 사람들을 돌려보내면 쓰나."

"……??"

옆에서 듣던 루이릴이 고개를 갸웃거렸다. 수현은 멀리서 왔든 다른 세계에서 왔든 돌려보내는 걸 망설이는 사람이 아니었다.

"뭐 잘못 먹었어?"

"다른 사람을 무시하는 건 별로 좋은 짓이 아니지, 루이릴."

"아니…… 넌 무시하잖아!"

"의도가 뻔히 보이는 놈들은 무시해도 돼. 별일 없으니까."

대표적으로 다른 나라에서 보낸 사람들이었다. 무시해도 수현에게 해가 갈 일이 없었다.

"그렇지만 지금 찾아온 사람들은 의도를 모르잖아. 좋은 의도로 왔는지 나쁜 의도로 왔는지…… 뭘 갖고 왔는지 말이야. 이럴 때는 잘해줘서 나쁠 게 없지."

수현은 그의 위치를 잘 알고 있었다. 그의 위치에서 한 번 친절하게 해주는 것만으로도 꽤나 효과가 좋았다. 일반 용병들에게 수현은 살아 있는 전설이나 마찬가지였다.

괜히 문전박대하는 것보다는 무슨 용건인지 들어보는 게 좋았다. 누가 황금을 물어올지 모르는 곳이 카메론 아니겠는가.

"역시. 그래야 너지!"

루이릴은 이제야 이해가 갔다는 듯이 수현의 어깨를 토닥거렸다. 순간 친절한 모습에 어디 아픈가 싶었던 것이다.

"아티팩트 룸 내놓을래?"

"아니야! 입 다물고 있을게!"

"무슨 일이십니까?"

친절한 미소, 친절한 태도, 예의 바른 손짓까지. 구산은 황송해하며 의자에 앉았다.

저번에 현장에서 만났을 때와는 전혀 다른 태도였다. 당연히 의아했지만 구산은 좋을 대로 해석하기로 했다.

'아, 현장에서는 날카롭지만 다른 곳에서는 친절한 사람이었구나. 과연 프로답다!'

목숨을 거는 현장에서는 책임감 때문에 날카롭고 냉정하게 사람을 대하지만, 원래는 친절한 사람!

과연 한국의 영웅으로 불리는 게 괜한 게 아니었다.

구산은 속으로 납득을 끝냈다.

"아, 다름이 아니라…… 말씀드릴 게 있어서 왔는데……."

말을 하면서 구산은 살짝 망설였다.

이걸 말해도 되나? 괜히 시간만 뺏는 게 아닐까? 안 그래도 김수현은 바쁜 사람인데 괜한 소리를 한다고 욕이나 먹을지도…….

그걸 눈치챈 수현이 웃으면서 말했다.

"편하게 말씀하시죠. 잘못 말한다고 제가 화를 내거나 하지는 않습니다."

"감, 감사합니다. 다름이 아니라, 김수현 팀장님께서 드래곤에 관심이 있다고 들었습니다."

"누가 그래요?"

"예? 개발계획국분들이 그러셨는데…… 제가 잘못 안 겁니까?"

"아, 아닙니다."

순간 수현이 들쑤시고 다닌 행적들이 들킨 줄 알았다. 구산은 개발계획국과 같이 일하는 용병 회사의 팀장이다 보니, 수현에 대해 몇 가지 이야기를 들었을 것이다.

드래곤 슬레이어 프로젝트 이후 드래곤에 관련된 자료는 수현이 직접 봤었으니, 거기 직원들이 그렇게 말하는 건 별로 이상하지 않았다.

"드래곤에 관심이 있죠. 그 누가 관심이 없겠습니까. 그렇게 대단하고 강력한 몬스터인데."

"다행입니다. 사실 이번에 제 친구한테서 들은 정보가 있어서 왔습니다. 팀장님께는 신세 진 것도 있고 해서……."

"정보는 뭐든 좋죠. 말해보세요."

"다만 이건 제가 말했다고 하시면 안 됩니다. 다른 팀 정보거든요."

"다른 팀이라니…… 어디죠?"

"그, 블러드블릿 쪽 팀에서 일하고 있는 친구인데. 아십니까?"

친구가 거기서 일하고 있었기에 술을 마시다가 알게 된 정보였다. 원래 말하면 안 됐다. 이런 정보 유출은 잘못하면 법정까지 갈 수 있는 문제였으니까.

그러나 상대가 수현이었기에 말할 수 있었다. 솔직히 수현은 무슨 짓을 해도 어지간하면 법정까지 안 갈 것 같았다.

'블러드블릿이면······.'

수현은 번쩍하고 오는 게 있었다. 여기는 이중영이 부리고 있는 용병 회사 중 하나였다. 겉으로는 민간 회사였지만 속으로는 정부에서 뽑아낸 사람들이 들어가 있는 용병 회사.

"잘 모르겠지만, 비밀은 지켜드리겠습니다."

구산은 침을 삼키고 입을 열었다.

"그······ 드래곤의 알에 대해서 아십니까?"

구산이 말한 이야기는 충격적이었다. 수현도 잠시 멈춰서 들은 내용을 정리해야 할 정도로.

'드래곤의 알이라고?'

충격적인 게 한두 가지가 아니었다. 일단 드래곤의 알이 있다는 거 자체가 신기했다.

드래곤이 번식을 하는 놈이었었나?

아니, 드래곤도 번식을 할 수는 있었다. 그 새끼가 어떤 형태인지는 몰라도······.

'그런데 정말 상상이 안 가는데······?'

새끼 드래곤이라니. 상상도 가지 않았다. 그 강하고 위대한 놈의 어린 모습이라니. 아니, 새끼 드래곤도 그만큼 강할지 몰랐다.

다음으로 놀란 건 이중영의 팀이 그걸 찾았다는 사실이었다. 수현이 찾았다면 모를까 다른 놈들이 찾다니.

'어떻게 찾은 거지? 아니. 지금 중요한 건 그게 아닌가.'

이중영이 어떻게 찾은 건지 신기하고 이해가 가지 않았지만, 지금 중요한 건 그게 아니있다. 지금 중요한 선 이 정보를 어떻게 먼저 활용하는지였다. 구산이 이걸 말한 건 이 정보를 그들이 갖고서도 한동안 움직이지 않아서였다. 그래서 정보가 밖으로 새어 나온 것이었고.

이유는 바보라도 알 수 있었다. 상대가 드래곤이니까.

수현도 드래곤의 알을 훔칠 수 있는 기회를 준다면 망설일 것이다. 드래곤의 알이 매력적이기는 했지만, 분노한 드래곤을 상대하는 건 어지간히 미친놈이 아니면 할 짓이 아니었다.

'먼저 움직여서 확인해 보자.'

거기에 있는 드래곤이 수현이 만난 적이 있는 드래곤인지, 아니면 다른 드래곤인지.

그리고 이제 수현은 드래곤에 대해 어느 정도 알고 있었다. 드래곤 정도 되는 지성체는 대화가 가능했다. 드래곤이 이제까지 인류에게 말을 걸지 않은 건, 드래곤이 그러고 싶지 않아서였다.

저 심해의 블루 드래곤만 해도 대화가 가능하지 않았는가?

드래곤을 상대로 이길 수는 없어도 도망치는 건 가능할 것이다. 게다가 수현은 그의 얼굴을 핥고서 사라진 드래곤을 기억했다. 만약 그 드래곤이라면 바로 싸움이 벌어지지는 않을 것이다.

"제가 말씀드린 게 도움이 되었습니까?"

"물론입니다, 구산 씨. 많은 도움이 되었습니다. 혹시 원하시는 게 있으십니까?"

구산이 갑자기 수현이 생각나서 찾아오지는 않았을 테고, 당연히 원하는 게 있어서 찾아온 것이 분명했다. 수현은 그렇게 순진하지 않았다. 구산은 얼굴을 붉히면서 손을 저었다.

"저, 꼭 뭘 원해서 온 게 아니라……."

"압니다. 저도 그런 뜻으로 말한 게 아닙니다. 그저 구산 씨 정도 되는 인재여도 카메론에서 힘든 건 있을 테니까, 그런 게 있으면 도와드린다는 뜻이죠."

말 그대로 능수능란. 수현은 구산을 손바닥 위에 놓고 다뤘다. 구산의 부탁은 별거 아닌 부탁이었다. 에우터프 지역에서 수현이 우선권을 갖고 있는 장소 몇 군데를 탐사해도 되냐는 부탁.

에우터프에서 거인을 처리할 때 수현은 미리 주요 장소에 깃발을 꽂아놓았다. 지금도 그 선점은 변하지 않았다. 미래에서도 알짜배기로만 통하는 장소에 깃발을 꽂아놨으니 다른 사람들은 혀를 내둘렀다.

그중에서 아직 개발이 되지 않은 곳이 많았고, 정부는 그런 곳의 개발을 원했다. 그러나 수현의 허락을 받아야 했다. 멋대로 하는 건 불가능했고…… 결국 구산이 나선 것이다.

"정말 감사합니다!"

'거, 행성관리부 사람들도 참…… 자기들이 직접 말할 것이지.'

수현은 속으로 고개를 저었다. 구산이 이렇게 직접 와서 부탁하는 건 원래 일반적인 방법이 아니었다.

원래라면 행성관리부 사람들이 직접 와서 부탁을 해야 했다. 개발을 해서 국가 단위로 이익을 챙기고 싶으면 당연한 일이었다.

그러나 그러지 않았다. 괜히 일을 벌여서 수현의 감정을 건드리고 싶지 않아서였던 것이다.

만약 문제라도 생겨서 수현이 화를 낸다면 그건 일을 벌인 사람이 책임져야 했다. 그럴 만한 사람이 많지 않았다.

기본적으로 공무원들은 자기 자리를 중요하게 여겼고, 새로운 일을 벌이면 좋기야 하겠지만 그걸 자기 자리까지 걸어가면서 할 사람은 드물었다.

결국 아쉬운 건 구산처럼 현장에서 뛰고 있는 용병들이었다. 일을 벌이고 몬스터를 처리해야 그들에게 돈이 나왔으니까.

그래서 구산이 온 게 분명했다. 뭐라도 들고 와야 부탁을 할 수 있으니 저런 정보를 갖고 와서 부탁을 한 것일 거고…….

수현의 눈에 현장에서 뛰는 용병들의 사정은 뻔히 보였다.

구산이 돌아가고 나서, 수현은 바로 대원들을 불러 모았다.

"무슨 일입니까?"

"일이 생겼다. 지금 바로 움직이자!"

드래곤의 알을 가져갈 생각은 없었다. 수현은 불에 기름을 붓는 걸 즐기지 않았다. 그러나 다른 사람이 끼어 있다면 이야기가 달랐다. 그 사람이 이중영이라면 특히 더.

직접 확인하고 누군가가 접근하려고 한다면 무력을 써서라도 막을 생각이었다.

드라고니아 분지에서 남쪽으로 한참 내려가면 작은 산맥이 하나 있었다. 봉우리 몇 개가 있는 이름 없는 산맥. 이종족들 사이에서도 불리는 이름이 없을 정도면 별다른 특색이 없는 불모지란 뜻이었다.

그러나 그런 곳으로 가고 있음에도 불구하고 용병들의 얼굴은 딱딱하게 굳어 있었다.

−드래곤의 알을 훔치러 간다.

이제까지 아무도 한 적이 없었던 일. 그리고 앞으로도 아무도 하지 않을 일이었다. 그들도 하지 않았을 것이다. 이중영이 막대한 액수의 돈을 먼저 넣어주지 않았다면.

지금 이 자리에 있는 용병들은 그만큼 절박한 사람들이었다. 각자 사정은 달랐지만 최대한 거액이 필요한 사람들. 이미 선금을 받았고, 이제 받은 만큼 일을 해야 했다.

"……드래곤은 안 만나겠지?"

침묵이 길어지자 결국 누군가가 입을 열었다. 모두가 의식적으로 드래곤에 대해 이야기하는 걸 피하고 있었던 것이다.

드래곤 슬레이어 프로젝트는 카메론의 누구나 아는 사건이었다. 드래곤이 강대국들의 군대를 말 그대로 찢어발긴 사건.

그들은 드래곤과 싸우러 가는 게 아니었다. 드래곤에게 들키지 않기 위해 움직이는 것이었다.

"안 만나기를 빌어라. 만나면 죽은 목숨이니까."

"유서는 썼냐?"

"유서는 무슨, 재수 없게."

시각을 교란시키는 스텔스 슈트, 후각을 혼란시키는 화학
약품들, 각종 탐지기에 연막 장치들……. 용병들도 구하기
힘든 물건들을 짊어지고 있었지만 아무도 이 장비들을 믿지
않았다. 드래곤 앞에서 이런 장비들은 그만큼 무의미했던 것
이다.

"이중영 그 인간은 왜 갑자기 일을 진행시킨 거지?"

"몰라, 그 속을 누가 알겠냐. 위에서 쪼기라도 했나 보지."

"하여간 자리 욕심은 많아서……."

"우리는 해주고 돈만 받으면 되니까."

한번 말문이 터지기 시작하자 조용조용하게 목소리가 나
왔다. 차량 안에서 눈을 감고 있던 용병 중 하나가 힐끗 밖을
쳐다보았다.

"여기 길은 언제 닦아놓았데? 귀신 나오는 곳 아니었나?"

"마법사가 처리한 지가 언젠데…… 너 어디서 일하다가
왔냐?"

"내 전문은 북쪽이라 몰랐다. 됐냐?"

카크리타 계곡의 악명은 이제 과거의 일이 되어 있었다.
예전에는 목숨을 걸고 들어갔던 곳이 이제는 별로 경계도 하
지 않고 지나가는 곳으로 변해 있었던 것이다.

"이중영이 마법사를 견제한다는 소문이 사실인가?"

"견제할 급이 돼? 아무리 봐도 둘이 급이 다른데……."

"사람 생각이야 자유지. 생각은 누가 못 해."

"그 인간이 허튼 생각 하면 피 보는 건 우리 같은 놈들이니까 그렇지. 뱁새가 황새 따라가면 다리 찢어지는 거 몰라? 괜히 미쳐 가지고 지랄하면 우리만 죽어 나간다고. 아무리 돈이 좋아도 살아야 한몫 챙기는 거지."

"그래서 하고 싶은 말이 뭔데?"

"이중영 그 인간이 맛이 가는 거 같다 싶으면 슬슬 발을 빼야 한다 이거지."

"발을 빼면 뭐 하려고? 다른 데 갈 곳은 있냐?"

여기 있는 용병들은 각자 이유는 달랐지만 다른 용병 회사에서 데려가지 않는 이들이었다. 실력이 없는 게 아니었다. 사고나 회사 내에서 일으킨 문제 때문이었다.

"죽는 것보단 낫겠지. 이번 일만 끝나면 돈은 있으니까……."

"그것도 그렇긴 하군."

지지직—

"……?"

"뭐야?"

이중영이 급한 연락을 시도하고 있었다. 용병들은 인상을 찌푸렸다. 보통 이런 식으로 연락이 왔을 때 좋은 일인 경우는 드물었던 것이다.

설마 드래곤이 있다거나……?

—문제가 생겼다.

"드래곤이 있다고는 하지 마라. 제발."

—정보가 새어 나갔다. 최대한 빨리 움직여서 알을 회수해라.

"……?!"

"어떤 XX야?!"

뜬금없는 소식에 용병들은 분노했다. 안 그래도 드래곤 때문에 가슴 떨려 죽겠는데 웬 방해란 말인가. 게다가 이제는 레이스까지 해야 했다.

그들만큼 이중영도 분노한 상태였다.

밑에서 일하는 용병 놈들의 입이 그렇게 가벼울 줄이야.

행성관리부 쪽에서 분주하게 움직이길래 아무 생각 없이 확인해 봤는데, 정보가 새어 나갔다는 걸 알게 되었다. 마음 같아서는 행성관리부를 닦달하고 싶었지만 그건 불가능했고, 할 수 있는 건 재촉밖에 없었다.

당연히 김수현에게 들어갔다는 사실은 용병들에게 말하지 않았다. 말해서 좋을 게 없었으니까. 이미 드래곤만으로 충분했다. 김수현까지 끼어 있다는 걸 알면 그들은 도망칠지도 몰랐다.

—절대 뺏기지 마라. 뺏긴다면 약속한 잔금은 없다.

"뭐?!"

"말이 다르잖아, 이 개자식아!"

이중영은 대답도 듣지 않고 바로 연락을 끊어버렸다. 용병들은 이를 갈았다. 저렇게 나온 이상 이중영은 태도를 바꾸지 않을 것이다.

방법은 단 하나. 먼저 들어가서 알을 챙기고 나오는 수밖에 없었다.

"이런 X 같은…… 드래곤이 있는지 확인할 시간도 없나?"

"일단 그 봉우리에 드래곤이 없는 건 확실해. 주변에 워낙 아무것도 없어서 바로 보이거든."

"그러면 바로 들어가자고. 놈들이 우리보다는 늦겠지."

"이게 무슨……?"

"질문은 나중에 받겠다. 차원문의 일종이라고 보면 돼. 지금은 실험 단계고."

대원들이 놀라기도 전에 수현은 설명을 이어갔다.

"만약 문제가 생기면 이걸 작동시켜서 바로 도망쳐라. 드래곤이 없다지만 언제 마주칠지 모르니까."

"팀장님은 안 도망치실 생각입니까?"

수현의 말에서 뭔가 이상한 걸 깨달은 구중철이 물었다.

"나도 만나면 도망칠 거야. 좀 늦게 말이지. 그보다 벌써부터 걱정할 필요는 없다. 일단 드래곤과 만날 계획은 없거든. 거기 가는 용병 놈들을 붙잡아서 묶어버린 다음에 정보가 사실인지 확인에 들어간다."

워낙 늦게 출발하기는 했지만 차원문을 사용해서 거리는 거의 좁힌 상태였다. 이제 가서 잡기만 하면 됐다.

"상대는 별거 없지만, 질이 별로 좋은 놈들은 아니니 방심은 하지 말도록. 필요하다면 사살도 허락한다. 내가 뒤처리를 해줄 테니 괜히 망설이지 말도록."

수현의 말에 대원들은 고개를 끄덕였다. 이미 산전수전을 다 겪은 이가 대부분이었다. 상대가 그냥 용병이라는 말은 우습게 들릴 뿐이었다.

"좋아. 그러면 간덩어리 부은 놈들을 잡으러 가 보자고."

"그러면…… 누가 앞에 설 거냐?"

용병들은 말없이 서로를 쳐다보았다. 누군가는 가장 앞에 서야 했다. 그리고 모두가 그 자리를 싫어했다. 문제가 생기면 여기 있는 놈들이 도와줄 리 없었다. 그냥 죽는다고 봐야 했다.

'도와줄 정도로 사회성 좋은 놈들이면 여기까지 안 왔겠지.'

서로가 서로를 너무 잘 알고 있었다.

"내가 하지."

"……!"

그래서 한 명이 손을 들고 먼저 나섰을 때, 놀랄 수밖에 없었다.

'미쳤나?'

그러나 아무도 말리지 않았다. 먼저 총알받이가 되어주겠다는데 왜 말리겠는가.

"몇 명 필요하냐?"

"필요 없다. 혼자 가지."

"……!"

'저거 진짜 미쳤나?'

혼자 먼저 가주겠다는데 용병들이 말릴 이유가 없었다. 몇명 더 따라가야 할 줄 알았는데…….

"내가 가서 안 내려오면 너희들이 알아서 해라."

남자가 그렇게 말하고 사라지자 남은 용병들은 웅성거리기 시작했다.

"저거 뭐냐? 가져오면 뭐 따로 돈 더 준다고 했나?"

"그런 말은 없었는데."

"이중영한테 잘 보이려고 저러는 거 아니야?"

"켁, XX. 난 사양이야, 그런 XX한테 잘 보이느니…… 이번에 돈만 받으면 그 자식 면상 보는 것도 끝이다."

"자식, 운전 잘하는데?"

멀리서 산을 거슬러 올라가는 걸 보며 용병 중 하나가 중얼거렸다. 다른 건 몰라도 운전 솜씨 하나는 탁월했다.

"왜 연락이 없지?"

"당했다거나……."

"드래곤이 저기 있으면 우리 눈에도 보이겠지, 이 XX야."

"어디서 욕질이야? 뒤지고 싶냐?"

"모두 닥쳐. 드래곤 아가리 앞에서 싸울 생각이 드냐?"

ー찾았다.

"……!"

"이 자식, 잘했어!"

"빨리 갖고 내려와! 출발 준비하자!"

이렇게 쉽게 일이 풀릴 줄이야. 용병들은 모두 감격해서 서로를 쳐다보았다.

얼마 지나지 않아 남자가 위에서 내려왔다. 그는 알이 담긴 특제 케이스를 안에 내려놓았다.

"진짜 갖고 왔어!"

"기특한 XX. 출발! 출발하자! 이 X 같은 곳에는 더 이상 볼일 없다!"

"위에 아무것도 없었냐?"

"아무것도 없더군. 그냥 알만 있었어."

뭔가 이상하다고 생각할 법했지만, 용병들은 공포에서 벗어난 기쁨으로 이성이 마비되어 있었다. 그들은 조용히 환호성을 지르며 출발 준비를 했다.

"돈 생기면 뭐부터 할 거냐?"

"글쎄…… 일단…….."

쾅!

"뭐야?!"

카메론의 오지에서도 문제없이 달리는 강력한 차량이 반쯤 찌그러질 정도로 소리를 내며 멈췄다. 모두가 기겁해서 앞을 쳐다보았다. 그리고 거기엔 모두가 한 번쯤은 본 얼굴이 있었다.

김수현이었다. 수현은 손가락을 까딱거리며 신호했다. 나오라는 뜻이었다.

'한발 늦었나?'

"이, 이런 X……?"

"김수현이 왜 여기 있어?"

그들은 눈치가 빨랐다. 김수현이 사랑받는 영웅이든 뭐든 간에 이런 오지에서 마주친다면 별로 좋은 이유는 아닐 것이다.

"설마 정보가 샌 게 김수현한테 샌 건 아니겠지?"

누군가의 입에서 정답이 나왔다. 그리고 모두가 침묵했다. 그럴듯했기 때문이었다.

'망했다.'

콰지직!

수현은 손쉽게 차의 뚜껑을 날려 버렸다. 안에서 어정쩡한 자세로 있던 용병들은 수현과 눈이 마주치자 시선을 돌렸다. 그중 그나마 머리가 돌아가는 놈이 입을 열었다.

"이게 뭐 하는 짓입니까! 돌아가면…… 컥!"

"닥치고. 지금부터 내 질문에 대답한다. 대답은 바로 한다. 대답에 1초 이상 걸리면 거짓말로 판단한다. 거짓말하다 걸리면 바로 죽인다."

수현은 이런 놈들을 상대하는 데 익숙했다. 강하게 쳐야 했다. 괜히 존중했다가는 돌아오는 건 뒤통수밖에 없었다.

"드래곤의 알을 훔쳤나?"

"……."

"너, 대답해."

"어, 음. 그러니까, 예."

수현의 손가락이 머리를 가리키자 용병은 저도 모르게 입을 열어버렸다. 그만큼 수현은 두려웠던 것이다.

"저건가?"

"예……."

쾅!

밖으로 튕겨 나간 용병이 차에 탑재된 바이크를 타고 몰래 출발시켰다. 그걸 본 다른 용병 하나는 아티팩트를 쓰고 질주하기 시작했다.

'살아야 해!'

알이고 뭐고, 가장 중요한 건 목숨이었다. 나름 착실하게 살아온 용병들이라면 이런 상황에서 일단 항복을 했겠지만, 그들은 아니었다.

그들은 수현이 그들을 죽일 거라고 생각했다. 그들이라면 그럴 테니까. 어차피 증거도 안 남을 텐데 뭐 하러 뒤탈을 남기겠는가.

그게 신호가 되었는지, 용병들은 동시에 사방으로 뛰기 시작했다. 그래도 각자 재주가 하나씩은 있었다. 모두가 똑같은 생각을 하고 있었다.

'제발 나 말고 다른 놈 잡아라!'

수현은 피식 웃으며 손을 뻗었다. 각자 다른 방식으로, 다른 방향으로 도망치고 있었지만 수현에게는 의미가 없었다. 시간을 느리게 하고 다 끌어들일 수 있었다.

"오, 오지 마! 다가오면 쏘겠다!"

그렇게 말하고서도 용병은 스스로가 어이가 없을 정도였다. 초능력자를 상대로도 통하지 않을 위협을, 인류 최강의 초능력자한테 하고 있었으니…….

그러나 그러지 않고서는 견딜 수 없었다. 다른 용병들이 거의 동시에 튀어 나간 사이 그는 수현과 눈이 마주쳐서 뭘 할 수가 없었던 것이다. 뭐라도 해야 했다.

'XX, 이게 뭐 하는 짓인지…….'

그가 속으로 욕을 하고 있는 사이, 기적이 일어났다.

"……?!"

수현이 뒤로 한 걸음 물러선 것이다.

"……?!?!?!"

총을 겨눈 용병은 스스로 하고서도 놀라 입을 다물지 못했다.

병아리한테 겁을 먹는 호랑이가 있다니. 아니면 그에게 숨겨진 능력이라도 있었던 것일까?

그 순간 주변이 어두워졌다. 용병은 주변을 둘러보았다. 낮인데 이렇게 그늘이 질 이유가 없었다.

"……으어."

하늘 위에서 드래곤이 날아오고 있었다.

다시 봐도 압도적인 크기였다. 용병들은 처음에 작전을 짤 때 이렇게 생각했다. '저 크기가 움직이면 분명히 눈에 들어올 수밖에 없다'고. 그러나 드래곤은 그들의 상상보다 몇 단계는 위에 있는 존재였다.

수현은 드래곤이 차원문을 썼다는 걸 깨달았다. 그게 아니라면 저 거대한 덩치를 눈치 못 채도록 옮길 수는 없었다.

"움직여!"

지금 도망치는 용병 놈들이 중요한 게 아니었다. 수현은 바로 대원들에게 신호를 보냈다. 설마 여기서 드래곤을 만나게 될 거라고는 생각하지 못했지만, 훈련된 육체는 그보다 먼저 움직였다.

"하, 하지만……."

"당장!"

수현의 목소리에는 듣는 사람을 거역하지 못하게 만드는 힘이 있었다. 대원들은 머뭇거리더니 한 명씩 차원문을 열기 시작했다.

그러는 사이 수현은 드래곤에게 정신을 집중했다. 그와는 비교도 되지 않을 정도로 거대하고 위엄 있는 모습.

드래곤 정도 되는 존재가 의사소통이 불가능할 리 없었다. 수현은 정신을 집중해서 텔레파시를 보냈다.

-드래곤, 이쪽을 봐라!

스윽-

드래곤은 고개를 돌렸다. 수현은 드래곤의 입가가 비틀려 올라가는 걸 본 것 같았다.

'공격이 오나?'

시간은 마음대로 다룰 수 없었지만 가속은 가능했다. 드래곤이 공격하더라도 먼저 읽고 피할 수는 있을 것이다. 드래곤 정도는 아니더라도 수현은 어느 정도 버틸 자신은 있었다.

-내 말에 대답해라! 나는 여기에 있다!

-알고 있으니 크게 말하지 마라, 김수현.

"……!"

수현은 망치로 얻어맞은 것 같은 강한 충격을 받았다.

지금 그가 들은 목소리가 드래곤의 목소리인가?

-내 이름을 알고 있었나?

-인간들 사이에서는 가장 유명한데, 내가 아는 게 이상한가?

수현은 드래곤이 농담을 했다는 걸 뒤늦게 깨달았다. 지금 드래곤이 그에게 농담을 하고 있었다.

─네가 내 마도서를 가져갔을 때부터 네게 관심을 갖고 있었지.

─뭐라고?

─내 마도서. 보아하니 더 이상 필요는 없어 보이는군. 거기서 배울 경지는 이미 지났나? 하긴, 네 정도 그릇이라면 그런 마도서에 묶일 수준은 예전에 지났겠지.

─러벤펠트?!

마도서를 갖고 있던 엘프 대마도사. 그러나 그는 분명 사고로 죽어 있었다. 수현이 만난 유해는 대체 뭐였단 말인가?

─한때는 그렇게 불렸던 적도 있었지. 아주 예전 일이지만.

─분명…… 시체가 있었는데?

─위장이었지.

─…….

이해가 가지 않았다. 어째서 그런 위장을?

수현의 그런 속마음을 눈치챘는지 드래곤은 천천히 날개를 펄럭이며 대답했다.

─너야 인간이지만 나는 이걸 다른 종족들이 발견할 줄 알았다. 인간이야 수상쩍어도 덥석덥석 물었겠지만, 다른 종족들은 일단 경계부터 하고 보지. 내가 사실대로 말했으면 아무도 가져가지 않았을걸? 그들은 드래곤에게 경외심과 공포심을 갖고 있거든.

-이해가 되지 않는군.

-아직도?

-아니, 뭐 하러 그런 마도서를 남긴 거지? 죽은 사람이 지식을 전수하려고 한 게 아니라면 그런 마도서를 남길 이유가 없지 않나? 그냥 단순히 호기심이었나?

-아, 그걸 말한 건가, 이유는 간단하지. 호기심은 아니었네. 설명하려면 복잡하겠지만…….

-난 상관없어.

-설명하는 게 어렵지는 않지만, 지금 할 생각은 없어서 말이야. 김수현, 수많은 동족과 같이 지낸 넌 모르겠지만 지금 나는 지성을 가진 생명체와 대화를 해본 게 정말 오랜만의 일이라서…… 거의 다 죽어버린 감정인데도 박동이 뛰는군.

-지금 할 생각이 없다니?

-저기 도둑놈들 안 보이나?

흩어져 도망치는 용병들. 그들은 드래곤이 나타난 걸 보고서 죽어라 내달리고 있었다.

-충분히 잡을 수 있을 텐데? 게다가 알은 여기 있고.

-그 알은 가짜지.

차 안을 가리킨 수현은 놀란 표정을 지었다.

-저기 저 인간이 따로 알을 갖고 있다.

'머리를 굴렸군.'

수현은 바로 상황을 깨달았다. 이중영이 용병들 사이에 첩자를 하나 더 심어놓은 것이다. 만약의 경우, 용병들을 먹이로 던지고 알을 빼돌릴 수 있도록. 그 다운 짓이었다.

―그냥 잡으면 되지 않나? 내가 갖고 오기를 바라는 건가?

―크하하…… 크하하하핫! 김수현, 김수현…… 저 알도 가짜라네.

―……?

―저 알이 여기 있다는 정보를 누가 퍼뜨렸는지 아나? 내가 퍼뜨렸지.

수현은 눈앞의 이 드래곤이 대체 무슨 소리를 하는 건지 이해할 수가 없었다.

마도서부터 시작해서 알까지. 왜 이리 복잡한 짓을?

―궁금했지. 이종족들은 절대로 드래곤을 건드리지 않거든. 그렇지만 인간들은 최근에도 그렇고, 드래곤을 넘보려고 하더군. 그래서 시험해 봤네. 김수현, 자네도 저 알이 진짜라고 믿었나? 실망이군. 드래곤의 비밀을 알고 있는 줄 알았는데.

―알을 낳으려면 낳을 수 있다고 생각은 했지.

―그런 짓을 뭐 하러 하나, 나는 이미 완전한 존재. 자식 같은 건 필요가 없지. 음, 아니, 없지는 않지만.

―……?

―너도 만난 적 있을 텐데. 스란달의 딸 말이다. 그런 강력

한 초능력을 가진 엘프가 그냥 바로 나올 줄 알았나? 그녀는 내가 엘프로 변신해서 낳은 딸이다.

　―……!!

태생적으로 강력한 초능력을 가진 에렌딜 스란달. 그녀가 드래곤의 딸이었다고?

　―어쩐지 강하다 싶었더니…….

　―강하다니. 실패작이었지.

　―실패작이라니, 무슨 소리를?

　―너와 비교해 봐라. 에렌딜이 어느 정도로 강하지?

　―나보다는 못하지만…….

　―그러면 아무런 의미가 없지.

드래곤은 잠시 멈칫하더니 입을 크게 벌렸다. 순간 수현은 긴장했다.

브레스라도 쓰려는 건가?

　―잘 도망가는군. 앞으로 미래도 모르고 말이야.

　―네가 몰래 자식도 낳고, 마도서도 숨겨놓고 했다는 건 잘 알겠어. 알로 함정을 팠다는 것도. 이제 이유를 물어봐도 되겠나?

　―아, 알로 함정을 판 이유는 간단하네.

드래곤은 위로 날아올랐다.

　―……!

-인간이 카메론의 어디까지 들어오려고 하는지 시험해 보고 싶었지. 그리고 답이 나온 것 같군. 다른 종족들과 달리 인간은 카메론의 가장 끝까지 갈 종족들이야. 그렇지 않나?

드래곤의 모습에서는 불길한 징조가 느껴졌다. 수현은 그 낌새를 눈치채고 필사적으로 말을 걸었다.

-그게 무슨 문제라도 되나? 너한테는 아무런 의미가 없을 텐데?

-그렇지. 하지만 내게는 아직, 희미한 감정이 남아 있네. 엘프였을 때의 감정 찌꺼기 같은 게 말이야. 내 안에 조금 남은 엘프가 이렇게 말하는군. 인간이 더 위협적으로 카메론을 물들여 버리기 전에 청소해 버리는 게 낫지 않을까?

-……!

-그러면, 나는 먼저 가 보지.

잠시 놀러 가는 것 같은, 장난스러운 말투였다.

-어디로?

-자네가 잘 아는 곳. 인간들의 도시.

-멈춰!

-따라오고 싶으면 따라오게나. 차원문을 쓸 수 있을 텐데?

그 말을 남기고 드래곤은 순식간에 사라져 버렸다. 저 멀리, 지평선에서 용병들만 상황을 모르고 도망치고 있을 뿐이었다.

드래곤은 바로 평양 차원문 위에 나타났다.

"……!!!!!!!!!!!!"

그리고 그의 존재를 확실하게 증명했다.

나타나고서 1초.

배치된 병력의 기갑 장비가 모조리 터져 나갔다. 금속이 들어가 있는 장비란 장비는 허공으로 솟구쳐서 그대로 작은 구(球)로 변했다.

나타나고서 2초.

살아 있는 생명체는 모조리 땅에 처박혔다. 숨을 쉬기 힘들 정도의 압력이 온몸을 짓눌렀다. 초능력자 부대가 있었지만, 그들 또한 저항조차 하지 못했다.

차이는 압도적이었다.

나타나고서 3초.

드래곤은 포효했다. 그 울음소리는 가장 북쪽의 도시부터 남쪽의 도시까지 전부에 울려 퍼졌다.

그리고 카메론의 인류는 깨달았다. 드래곤이 도시로 날아왔다는 사실을.

"이, 무슨……."

받아들이기 힘든 현실 앞에서 사람은 의외로 냉정해지는

법이었다. 저 멀리 차원문 위에서 날아다니는 드래곤을 본 국장은 말했다.

"김수현을 불러."

"예?"

"김수현을 부르라고."

"팀장님이라고 해서 드래곤을 처리할 수는……."

"드래곤을 처리하지 못하면 우리는 어차피 다 죽는다."

맞는 말이었다. 부하는 고개를 끄덕였다. 그러나 수현은 연락을 받지 않았다. 그사이 차원문을 통과하고 있었기 때문이었다.

"빌어먹을……!"

비석을 통해서 안전하게 통과하는 게 아닌, 드래곤처럼 억지로 뚫고 열어서 하는 통과 방식. 멀미가 날 것 같았다.

도착한 수현은 헛웃음이 나오는 걸 참아야 했다. 원래라면 질서 정연하고 엄정한 곳이었는데, 지금은…….

이 짓을 해놓고서도 사상자는 아무도 없었다. 수현은 기가 막혔다.

대체 어떻게 이런 걸 할 수 있단 말인가?

"김, 김수현이다!"

"김수현이야!"

궁지에 몰린 사람들은 희망을 찾게 마련이었다. 상대가 드래곤이었지만, 그래도 사람들은 수현을 쳐다보았다. 그것밖에 할 수 있는 게 없었기 때문이었다.

—싸우고 싶었다면 거기서 싸워도 되지 않았나?

—오해하지 않았으면 좋겠군. 나는 싸울 생각이 없다네.

—지금 이 광경을 보고서 그런 소리가 나와?

—이게 싸움으로 보이나? 자네를 생각해서 목숨은 건드리지도 않았는데. 섭섭하군.

싸움으로 보이진 않긴 했다. 그냥 압도적인 짓밟음이었지.

수현은 드래곤을 보며 물었다. 처음 만났을 때부터, 드래곤은 그를 공격하지 않았다.

분명 원하는 게 있을 것이다.

—뭘 원하나?

—이런, 눈치채고 있었나?

—그렇게 노골적인데 눈치를 못 채면 그게 더 이상하지.

—내가 원하는 건 예전이나 지금이나 단 하나였지.

—…….

수현은 긴장했다.

과연 드래곤이 무엇을 원할까?

어떤 것이든 결코 평범한 것은 아닐 것이다.

—드래곤이 되어주게나.

그러나 나온 말은 생각보다 더 예상 밖에 있는 말이었다.

–뭐?

–드래곤이 되어주게나. 인간도 드래곤이 될 수 있다는 건 알지 않나? 마력을 다룰 줄 알고 그릇이 크면 누구나 가능하지. 똑똑한 돼지 새끼도 마력만 다룰 줄 알고 그릇이 되면 드래곤이 되는 게 가능해.

–…….

–갑작스러운가 보군. 말이 없는 걸 보니.

–왜 내가 드래곤이 되길 원하는 거지?

–최근에 바다에 간 적이 있던데.

–……?

–거기 밑의 드래곤을 본 적 있나?

–알고 있었나?

–알고 있었지. 나보다 훨씬 오래 산 드래곤이니까. 내가 드래곤이 되었을 때만 해도 그놈은 드래곤으로 까마득하게 오래 살았지. 그 드래곤이 이제 얼마나 살 거 같나?

–글쎄……?

–길어봤자 백 년이야. 그 안에 사라지겠지.

─사라진다니?

─드래곤은 죽지는 않지만, 오래 살다 보면 짊어진 시간의 무게가 지나치게 무거워지지. 바다 밑의 놈처럼 감정이 희미해지고 무기력해지는 거야. 더 이상 아무런 의욕도 없어지면, 그냥 놓고…… 승천하는 거지.

─승천이라. 죽는 것 같은데.

─드래곤 정도 되면 죽는 게 아니지.

─그런데 그 드래곤하고 내가 무슨 상관이지?

─바다 밑의 드래곤 말고, 다른 드래곤을 본 적이 있나?

─없는데.

─그래, 이제 카메론에 남은 드래곤은 나하고 그 드래곤뿐이다. 그 드래곤은 백 년 안에 사라질 것이고……. 이제 알겠나? 내가 왜 이러는지?

─친구가 없어서? 친구가 없어서 이 모든 짓을 했다고?

─……그래, 본질적으로 같긴 한데, 그렇게 말하니 조금 이상하게 들리는군. 이제 난 얼마 있으면 카메론의 유일한 드래곤이 될 거다.

─이제까지 드래곤이 새로 나타난 일이 없었던 것도 아닐 텐데. 다른 놈이 드래곤이 될 수도 있지 않나?

─아니, 그건 불가능해. 이 시대에, 카메론에서 가장 강력한 마력 사용자가 너니까. 그다음으로 강력한 마력 사용자는

내가 만든 딸인 에렌딜이지만, 마법사도 되지 못할 그릇이고…… 네가 드래곤이 되지 않는다면 카메론에서 드래곤이 될 수 있는 사람은 아무도 없다.

-……!

그제야 수현은 드래곤이 무슨 뜻으로 이런 말을 하고 있는지 깨달았다.

-상상이 가나? 이 넓은 세계에서 자기와 동급의 생명체가 아무도 없다는 게?

-급을 낮추는 게 어때?

-재미없는 농담이군. 그래서 어떻게 생각하나?

-이 모든 게 드래곤 친구를 원해서였나?

-친구라…… 꼭 친구일 필요는 없지. 드래곤이 되어서 나를 공격해도 좋고, 나와 친근하게 지내지 않아도 좋네. 다만 드래곤으로 있어준다면 그것만으로도 좋아.

드래곤은 거대한 눈동자로 수현을 내려다보았다. 주변인들에게 그 모습은 수현이 드래곤과 마주 보고 있는 걸로 밖에 보이지 않았다. 아무런 일도 일어나지 않았지만 모두가 숨도 제대로 쉬지 못했다.

마치 폭풍 전야처럼 느껴졌기 때문이었다.

대체 무슨 일이 일어나고 있는 것인가? 드래곤은 왜 공격을 하지 않는 것인가? 김수현이 무언가를 하고 있는 것인가?

자리에 있는 모든 이가 숨을 죽였다.

─마도서를 만든 것도, 엘프로 몸을 바꿔서 자식을 만든 것도, 모두 다…….

─다른 드래곤을 만들어 보려는 발악이었지. 슬프지 않나? 나 정도 되는 존재가 그렇게까지 해야 한다는 게.

─별로 슬프지는 않고. 다음 시대를 기다리는 게 어떻겠나? 마도서는 또 만들어서 몇 군데 숨겨놓으면 되겠지. 이종족 중에서 뛰어난 놈이 언젠가는 나오겠지.

─네 시야는 아직 좁군그래. 느껴지지 않나? 이 행성의 힘이.

─무슨 뜻이지?

─왜 저런 거대한 차원문이 생겨나서 네 종족의 행성과 연결되었을까? 이제 차원문을 다룰 수 있을 테니 알 수 있을 텐데. 차원문은 원래 일반적으로 일어날 만한 현상이 아니야. 게다가 저렇게 인위적인 차원문이 고정된다는 건 더더욱 아니지.

─네가 그랬다는 거냐?

─아, 김수현, 김수현……. 내가 그런 짓을 대체 왜 하겠나? 이건 그저 신호일 뿐이다. 이 행성의 마력이 점점 고갈되고 있다는 뜻이지. 예전에는 이종족 중에서 마법사가 많았지. 초능력자는 더 많았고. 지금? 너 말고 다른 마법사를 본 적 있나?

─…….

─생명체가 마력을 다룰 수 있으려면 마력과 오래 접촉을 해야 해. 그런데 이 행성은 점점 마력이 떨어지고 있지. 이종족들만 봐도 간단히 알 수 있어. 점점 나타나는 초능력자들이 약해지고, 마법사는 보이지도 않고……. 네 종족 같은 문명이 차원문을 타고 넘어온 건 예상 밖이었지만 시간이 시간이다 보니 다들 고만고만하더군.

─나를 빼고 말이지.

─그래, 기쁜 오산이었지. 내 마음이 상상이 가나? 웬 처음 보는 놈들이 몰려와서 뭐라도 된 것처럼 행성을 헤집어서 짜증이 나는데, 어느 날 보니 상상을 초월한 자질을 가진 보석이 그 사이에 있는 거야.

─상상도 안 되고, 상상하고 싶지도 않은데.

─네가 아니면 앞으로 가능성은 없다고 봐도 좋다. 더 강한 초능력자가 나오지는 않을 거야.

─그렇게 인간들이 거슬렸으면 왜 처음에 차원문을 막지 않았지?

─어떻게 설명을 해줘야 할까…… 그래. 개미, 개미가 좋겠군. 네가 살고 있는 집에서 좀 떨어진 곳에, 개미들이 돌아다니는 게 보였다고 하자고. 어떻게 할 거 같나?

─……그냥 내버려 둘 것 같은데.

―그래, 바로 그거다.

―…….

―그 개미가 너무 번식해서 온갖 곳을 돌아다니려고 하니 귀찮아도 처리를 하려는 거지. 이해가 가나?

―잠깐. 그런데 그건 내가 드래곤이 되는 것과 별개의 문제잖아?

―아, 그렇지. 말하는 걸 잊을 뻔했군. 이 개미들…… 아니, 인간들이 성가시기는 하지만 참아줄 수 있지. 네가 드래곤이 된다면 말이야. 그래서 죽이지 않고 살려둔 거고.

수현은 어이가 없어서 속으로 웃음이 나왔다. 그가 자주 하는 짓을 드래곤이 하고 있었다.

상대방에게 불리한 조건을 강요해서 거래를 하는 것. 그걸 드래곤이 하다니.

―받아들이지 않으면 죽이고?

―그렇지. 사실 여기 있는 것들이 죽든 죽지 않든 내게 크게 중요하지는 않아. 나는 분명 엘프였던 적이 있었지만 그건 이제 의미가 없을 정도의 예전이지. 아까 말한 것처럼, 네가 개미를 대하는 것처럼 나는 여기 인간들을 대하고 있다. 네가 드래곤만 될 수 있다면 뭐든 상관없지.

―드래곤이 되지 않겠다고 말한다면 나도 죽일 생각인가?

―당연히.

드래곤은 너무 당연하다는 듯이 대답했다.

—나 말고 다른 재질을 가진 사람이 없다며?

—그렇지. 그렇지만 안 된다면 어차피 무의미하니까, 그리고 나는 널 오랫동안 봐왔다. 죽기 싫으면 알아서 드래곤으로 각성할 거다.

—거참, 개새끼시군. 내가 드래곤이 되면 너와 친하게 지낼 거 같나?

—아까 말했을 텐데? 나한테 덤벼도 상관없다고. 너도 내 처지가 되어서 몇천 년을 넘게 살아보면 이해할 수 있을 거다. 이 시간과 고독의 무게를.

—나를 죽일 수는 있고?

—하. 김수현, 나는 네게 호감을 갖고 있다. 네 빛나는 자질과 재능…… 목표를 위해서라면 어떤 굴욕도 감내할 수 있는 철혈 같은 정신. 나는 오랜 시대를 거쳐 살아왔지만 너 같은 놈은 정말 드물었지. 너처럼 냉정하고 물불 가리지 않는 놈은…….

—…….

칭찬은 칭찬인데 무언가 듣는 사람의 기분이 미묘해지는 칭찬이었다.

—아니, 그건 좀…….

—내 때 가장 유명했던 사악한 마법사, 레크놀드도 너에

비하면 하찮았을 정도니까.

　―그거 설마 리치 말하는 건가?

　―뭐? 놈이 아직도 살아 있었나? 나한테 지고서 도망친 다음 늙어 죽은 줄 알았는데…….

　드래곤은 정말로 놀란 것 같았다.

　―살아 있었어. 몸을 이상하게 바꿨더군.

　―그것밖에 안 되는 놈이니까. 애초에 드래곤이 될 수 있는 자질이 아니었어.

　드래곤은 냉정하게 말을 끝냈다.

　―어찌 되었든 간에 내 호감과 별개로, 나는 너무 오래 기다렸어. 너를 죽일 수 있냐고? 물론 죽일 수 있다.

　―내가 말한 건 네 상처 받은 마음이 아니라, 네 능력을 물은 거였는데.

　―아, 그런 뜻이었나?

　드래곤은 크게 웃기 시작했다. 진심으로 웃기다는 듯이.

　―네가 강하다는 걸 부정하는 건 아니다. 물론, 강하지. 이 생명체들 사이에서 가장. 엘프였을 때 나보다도 강한 것 같아. 이건 진심이다. 그렇지만…… 넌 아직 드래곤이 아니고, 난 드래곤이다. 이건 어떻게 할 수 있는 게 아니지. 괜한 짓 하지 말고 드래곤이 되어라. 네가 원하던 모든 게 드래곤에 있으니까.

─내가 원하던 모든 것이라.

─그래. 강함, 불멸…… 이런 모든 가치가 모여 있는 게 드래곤이다. 이 행성의 가장 위대한 존재가 되고 싶지 않나?

─죽지 않는 건 아니던데.

─그 죽음 또한 스스로 선택하는 거지. 저 밑의 블루 드래곤이 추하다는 걸 부정하지는 않겠다. 그러나 저런 모습이어도 스스로 마음만 먹는다면 이 행성을 뒤집을 수 있다는 걸 잊지 말았으면 하는군.

─늙어서 스스로 생명을 포기하는 걸 이야기한 게 아니었어. 러벤펠트, 예전에 드래곤을 잡은 이종족들에 대해 이야기하고 있는 거였다.

─뭐?

─모르고 있었나?

─그게 무슨 허황된…… 어떤 드래곤을 누가 잡았다는 거냐?

─레드 드래곤을 드워프들이.

─그런 말도 안 되는…… 어떻게? 그 작은 놈들이? 거짓말하는 게 아니라?

드래곤이 모르고 있었다는 게 수현을 놀라게 만들었다. 그는 진심으로 놀라고 있는 것 같았다.

─드라고니아 계곡 지하에 있던 걸 봤을 텐데?

―아무것도 쓰여 있지 않은 스크롤을 말하는 거냐?

―…….

수현은 그제야 알 수 있었다. 왜 그 지하에 있던 이들이 그 걸 갖고서도 아무것도 할 수 없었는지.

시간을 다룰 수 있는 힘이 없다면 그 무기도 아무런 의미 가 없었던 것이다. 드래곤도 거기서 아무것도 느끼지 못했 고, 그곳 있던 종족들도 마찬가지였다.

드래곤은 수현의 태도에서 일말의 불안감을 느끼기 시작 한 것 같았다.

―무슨 소리를 하는 건지 모르겠군. 김수현, 무슨 소리를 하고 있는 거냐?

―아무것도 아니야. 다른 이야기나 하지. 거기 있던 놈들 은 어떻게 됐나?

―죽은 지 오래지. 직접 봤을 텐데, 그래도 나는 악취미는 없는 편이다. 카크리타 계곡의 망령들처럼 만들지는 않았으 니까. 자, 그러면 다른 이야기는 이 정도면 됐겠지? 마음의 결정은 했나?

수현은 손가락을 꿈틀거렸다.

지금 그가 시간을 움직일 수 있을까?

그건 마치 거대한 대해를 그의 의지로 움직이는 것과 비슷 한 일이었다.

스스로의 시간을 빠르게 당기는 건 그가 그 안에서 헤엄을 치는 것이었지만, 다른 생명체의 시간을 건드리는 건 대해의 흐름 자체를 움직이는 것에 가까웠다.

'시간을 더 벌어볼까.'

─잠깐.

─또 뭐냐? 응?

─드래곤이 된다는 건 알겠는데, 어떻게 되는 거지?

─드래곤의 정수를 받아들이면 되는 거지. 네가 갖고 있는 그거 말이다.

─……?

─카크리타 계곡의 유적에서 구하지 않았나?

유적 지하에 있던 투명한 보옥.

수현은 전율하며 품속에서 그걸 꺼내 들었다.

이게 드래곤의 정수였다고?

단순히 초능력을 저장할 수 있는 특이한 물건인 줄 알았었다.

─모르고 있었나?

─특이한 물건이라고 생각하고 있었지. 초능력을 저장하는…….

─세상 어디에 어떤 대가도 치르지 않고 힘을 발휘하는 물건이 있나?

확실히 민망한 일이었다. 돼지 목에 진주 목걸이라더니, 이걸 그냥 별생각 없이 갖고 다녔다니……. 처음에야 마음에 들어 했지만 그 이후로는 워낙 대체품이 많아서 별로 쓰지도 않았던 물건이었다.

ー내가 알기로 그건 블랙 드래곤의 정수였지. 그걸 받아들이면 너는 블랙 드래곤이 되는 거다.

ー안 되면?

ー그릇이 안 되는 놈은 애초에 흡수할 수도 없어. 레크놀드 같은 놈을 보면 모르겠나?

ー마지막으로 하나만 더 물어봐도 되겠나?

ー물론.

ー이걸 받아서 드래곤이 된다면, 나는 어떻게 되는 거지?

ー무슨 뜻이냐?

ー말 그대로다. 나한테 어떤 변화가 있느냐는 거지.

ー아까 말했을 텐데? 초월적인…….

ー아니, 그거 말고. 자아를 말하는 거다. 러벤펠트, 넌 각성하고 나서도 네가 엘프였을 때와 똑같이 느끼고 똑같이 사고했나?

수현이 보기에 드래곤이 된다는 건 말이 각성이었지 스스로를 다른 무언가로 바꾸는 것이나 다름없었다. 인간의 육체에서 저런 드래곤의 육신을 갖게 된다는 것부터가 수상쩍었다.

─……아니, 그건 아니다.

─그래?

─드래곤이 된다는 건 한 단계 위의 생물로 진화한다는 거다. 당연히 달라질 수밖에 없지.

─엘프였을 때는 같은 급이라고 느껴지던 생명체가 이제는 개미처럼 느껴지는 것처럼 말이지?

─자연스러운 것 아닌가?

─결정했다, 러벤펠트.

─오, 드래곤이 되어주는 건가?

─아니, 거절한다.

수현은 움직일 준비를 했다. 드래곤과 싸우게 된다니. 설마 정말로 이런 일이 벌어질 거라고는 생각지도 못했었는데…….

그러나 현실은 현실이었다. 부정하지 말고 맞서야 했다. 드래곤이 되는 건 탐이 났지만 받아들일 수 없는 일이었다.

─……어째서지? 네가 거절하는 이유를 이해할 수가 없다. 완전해지는 거다. 그 하찮은 육체를 벗어던지고 이쪽으로 오는 거다. 이 제안 어디에 거절할 이유가 있나?

─내가 강해지는 것에 많이 집착하기는 했나 보군. 그렇게 말하는 거 보니.

─내가 널 오랫동안 봐왔다고 했을 텐데.

―그래, 러벤펠트. 강해지고 싶었다. 나는 약했었거든.

―나보다 약한 건 알지만 겸손할 건 없다. 너는 인간 중 가장 강한…….

―너하고 비교한 게 아니야, 이 드래곤 자식아.

돌아오기 전의 수현을 말한 것이었다. 돌아오기 전의 그는 너무 약했다. 지금 기준으로 보면 손가락 하나로 짓뭉갤 수 있는 적들의 연합으로도 손쉽게 박살 났으니까. 그런 주제에 겁은 없어서 미친 짓은 다 하고 다녔었다.

그래서 강해지고 싶었다. 돌아오고 나서, 그 자신을 지킬 수 있도록. 그의 주변 사람을 지킬 수 있도록. 그 어떤 놈도 그의 세계를 건드릴 수 없도록!

그래서 강함에 그렇게 목을 맸다. 이제 과거의 원수들은 죽거나 그의 발밑에서 꿈틀거리고 있었지만…….

수현의 동기는 여전히 그대로였다.

―내가 내 자신이 아니게 된다면 그 강함에는 의미가 없다.

―어리석군.

―다른 종(種)으로 변해서 방금 전까지 동료였던 사람을 벌레처럼 보게 되는 건 내가 아니야. 그건 내 기억을 갖고 있는 다른 누군가다.

―지금이야 그렇지만 되고 나면 생각이 달라질 거다.

―그야 그건 내가 아닌 다른 놈이니까 그렇겠지.

-정말로 생각을 바꾸지 않을 건가?

-그래.

-그러면 설득해야겠군.

드래곤은 바로 입을 벌렸다. 수현을 노린 게 아니었다. 목표는 박살 나 있는 연합군이었다.

-이 행성에 있는 인간이 모두 죽는 걸 보기 싫다면 드래곤이 되는 게 좋을 거다, 김수현.

브레스가 터져 나오고, 수현은 시간을 느리게 만들었다.

예전 하임켄의 오크들에게서 받은, 드래곤 브레스가 담긴 일회용 탄환. 쓸 일이 있을지는 모르지만 언제나 갖고 다닌 것이 정답이었다.

수현은 그렇게 생각하며 바로 작동시켰다.

콰콰콰콰쾅-

세상을 찢을 것 같은 충돌이 일어났다. 박살이 나서 쓰러져 있는 사람들 위로 드래곤이 뿜은 브레스가 터져 나왔지만, 수현이 발동시킨 브레스가 막아섰다.

"……!!!!"

"이런 미친……!"

사람들의 눈앞에서, 믿을 수 없는 일이 벌어지고 있었다. 드래곤과 인간이 일대일로 맞붙고 있다니.

물론 김수현이 인류 최초의 마법사고, 강하다는 건 예전부터 알려져 있었다. 미국에서 몬스터를 사냥한 적도 있었고.

그러나 그건 어디까지나 인간 수준의 강함이었다. 그가 보여준 염동력은 충격적이기는 했지만 이 정도까지는 아니었다.

이건 아무리 생각해도 한계를 넘어선 힘이었다. 사정을 모르는 많은 사람의 눈에는 수현이 드래곤과 마찬가지로 드래곤 브레스를 사용한 것으로 보였다.

'정말 인간이 맞나?'

그래도 이제까지 수현이 인간 한계에서의 강함을 보여줬다면, 지금은 인간 한계 바깥의 강함을 보여주고 있었다. 사람들은 입을 다물지 못하고 쳐다보았다.

그러나 수현은 그런 반응 따위는 신경 쓰지 못할 정도로 집중하고 있었다.

─재밌는 걸 갖고 있군. 그렇지만 더 있는 것 같지는 않은데.

─…….

─장기인 염동력을 쓸 생각인가? 화력이 부족할 텐데.

─…….

─대답 좀 해주지그래. 저 인간들을 봐. 곧 죽을 텐데도 자기들의 죽음이 아니라 다른 것에 정신이 팔려 있군.

─뭐?

─보면 알 텐데. 저들이 네게 보내는 시선을.

수현은 그제야 깨달았다. 사람들 앞에서 드래곤 브레스를 쓴 것이다.

　-젠장, 싸움이 끝나면 핵무기 취급을 받겠군.

　-저런, 그런 걸 걱정할 필요는 없을 텐데. 드래곤이 되면 그런 것보다는 훨씬 더 대단한 경지에 오르는 것이니 상관이 없고, 만약 드래곤이 끝까지 되지 않는다면 저 인간들은 이 자리에서 다 죽을 테니까.

　-미안한데, 러벤펠트. 나는 이 자리에 있는 인간들의 목숨을 살리기 위해서 스스로를 희생할 정도로 이타적인 사람이 아니야.

　-그건 알고 있지. 그리고 희생이 아니야. 더 높은 경지로 올라가는 게 왜 희생이지?

　-내 육신을 버리고 그 파충류스러운 몸뚱이를 가져야 하니까!

　수현은 전력을 다해 염동력을 사용했다. 노리는 건 드래곤의 목. 그러나 드래곤은 바로 반응했다. 아무리 시간을 빠르게 당기더라도 초능력을 쓰는 이상 드래곤의 감각에서 벗어날 수 없었다. 마력을 다루는 건 가히 초월적인 힘이었다.

　-이러지 말았으면 좋겠군. 그냥 드래곤이 되어줬으면 했는데. 네가 내 입장이 되면 이 짓이 얼마나 지루하고 귀찮은 짓인지 알게 될 거다. 가치 있는 존재를 위해 개미를 짓밟는 쇼를 한다는 게…… 잠깐, 지금 내 말을 안 듣고 있는 건가?

수현이 그를 무시하고 있는 걸 깨달았는지 드래곤이 말을 멈추고 그를 쳐다보았다. 그러나 수현은 아랑곳하지 않고 자신의 세계 안으로 파고들었다. 시간이 더 필요했다. 드래곤이 보내는 의념은 점점 느려지며 종국에는 와닿지 않을 정도로 변했다.

'시간이 멈췄나.'

주변 모든 것의 움직임이 아주 천천히 보일 정도로 느려졌다. 거의 정지된 것이나 다름없었다. 수현의 시간을 극한으로 빠르게 당긴 것이다. 이것만으로도 놀라운 기적이었지만, 이걸로 드래곤을 쓰러뜨릴 수는 없었다.

드래곤을 쓰러뜨리기 위해서는 시간 그 자체를 다뤄야 했다. 수현이 시간 속에서 헤엄치는 게 아니라, 시간이라는 바다 자체를 움직이는 법을 배워야 했다.

수현은 천천히 생각했다.

그에게 부족한 것이 무엇일까?

이제 와서 그에게 능력이 부족하다고 생각되지는 않았다. 예전의 사람이 한 적이 있다면 그도 할 수 있을 것이다.

그는 왜 시간 자체를 움직일 수 없을까?

"그래…… 그렇지."

갑자기 최지은이 예전에 했던 말이 떠올랐다. 지금 상황과는 상관이 없는 말이었다.

"명백히 할 수 있는 일을 못 하는 건 그저 두려움 때문이야. 의외로 사람은 스스로가 두려워하는 걸 알지 못하거든. 아무리 강한 사람이라도 두려워하는 건 있잖아?"

수현이 분명히 능력이 있는데도 할 수 없다면…… 그건 두려워하고 있기 때문이었다. 스스로가 눈치채지 못하고 있더라도.

정지되었던 시간이 풀리고 드래곤이 수현을 노려보았다.

─무례하군. 내 말을 무시하다니.

─미안하게 됐어. 잠깐 생각 좀 하고 왔지.

─무슨 생각을 말이냐?

─왜 나는 이 모양 이 꼴일까 하고.

─뭐……?

드래곤도 이 말에는 당황한 모양이었다. 수현이 갑자기 헛소리를 하다니.

─시간을 끌려는 거라면…….

─아니, 그런 소리가 아니야. 러벤펠트, 나는 너를 죽일 수 있다.

─재미있군. 어떻게 말이냐?

─시간으로. 너를 시간 축에 가둬서 무한히 먼 미래로 당겨 버리는 거다. 러벤펠트, 너는 네가 불멸의 존재라고 했지

만…… 너도 알고 있을 거다. 그게 사실 거짓말이라는 걸.

─무슨 소리를 하고 있는 거냐. 나는 불멸이다.

─저 바다 밑의 드래곤을 우리 모두가 알고 있잖아. 영원한 시간을 견딜 수는 없다. 결국 저렇게 되게 되어 있어.

사고를 가지고 기억하는 존재인 이상 계속해서 쌓이는 시간은 점점 인격을 깎고 무뎌지게 만들 것이다. 수현은 한 발짝 앞으로 내디뎠다.

─아무리 너라도 무한한 시간 앞에서 견디지는 못하겠지. 네 이전의 레드 드래곤도 그렇게 죽었고.

─웃기는 소리. 네가 할 수 있다면 왜 그러지 않는 거지?

러벤펠트는 수현을 잘 알고 있었다. 수현이 할 수 있었다면 그가 브레스를 쓰기도 전에 그랬을 것이다. 러벤펠트가 수현에게 몇 가지 호의를 보여주기는 했지만, 수현은 그런 것 때문에 속박받는 사람이 아니었다. 필요하다면 가차 없이 공격했을 것이다.

─방금까지는 각오가 서지 않았었거든.

─각오?

─그래, 각오. 러벤펠트, 나는 두려웠었다.

─뭐가 말이냐, 이 내가?

─너는 두렵지는 않고…… 성가시긴 하군. 내가 말한 두려움은 스스로에 대한 두려움이었다. 나 자신의 시간을 조금

빠르고 느리게 만드는 게 아닌, 시간 자체를 건드리려다가…… 만약 잘못하게 되면 어떻게 하지, 이런 두려움. 너는 모르겠지만 나는 이미 한 번 시간을 거슬러 온 적이 있다.

 −……!

 −한 번 할 수 있었다면 두 번 할 수도 있겠지, 나는 두려웠다. 러벤펠트, 처음부터 다시 시작해야 할지도 모른다는 게. 두 번째에서 쌓아놓은 관계를 모두 원점으로 돌리고 다시 시작해야 할지도 모른다는 게. 그렇지만 이제는 삭오가 섰다. 그래, 한 번 했는데 두 번 할 수도 있겠지. 살아만 있다면 다시 만날 수도 있을 거고.

 수현은 손을 뻗었다. 러벤펠트는 그도 모르게 움찔했다. 이런 위압감은 그가 엘프였을 때를 제외하고서는 한 번도 느껴본 적이 없었다.

 −이런……!

 몸이 움직여지지 않았다. 마치 그와 세계 사이에 투명한 벽이라도 쳐져 있는 것 같았다. 그가 부릴 수 있는 마력을 폭풍처럼 소용돌이쳐서 뚫어보려고 했지만, 허무하게 무효화되어 버렸다.

 −말도 안 되는……!

 −러벤펠트, 네게는 고마워하고 있다. 이건 진심이야, 네 덕분에 여기까지 오는 게 가능했다. 너야 네 목적을 위해 나

를 부추겼다지만 나는 그 덕분에 성장할 수 있었지. 너는 내 스승이나 마찬가지야.

러벤펠트는 그 거대한 눈동자를 깜박였다. 그는 스스로의 미래를 깨달은 것 같았다.

－스승으로 생각하면 드래곤이 되는 게 어떠냐?

－미안하지만 절대로 그럴 일은 없다.

－네게 말하지 않은 게 한 가지 더 있다. 이걸 들으면 생각이 달라질지도 모르겠군. 네가 포획한 그 괴생물. 그 괴생물이 어디에서 온 건 줄 아나?

－다른 세계에서 온 거 아닌가?

－그래, 차원문을 통해 다른 세계에서 온 놈이지. 상상이 가나? 이 카메론의 상식으로도, 네 지구의 상식으로도 재단이 되지 않는 몬스터가 있는 곳이라니. 나는 이미 차원문을 통해 다른 곳을 찾아보았었다. 운이 나빠 제대로 된 걸 얻어내지 못했지만…… 네가 포획한 그놈은 증거다. 다른 세계의 증거. 그놈이 그 세계에 가장 강력한 놈이라면 상관이 없겠지만, 그 세계에 그놈보다 더 강력한 놈이 있다면? 그때는 어떻게 할 거냐? 차원문이 다시 열려서 그런 곳에서 네가 이길 수 없는 적이 나타난다면?

－…….

－김수현, 이제 강함에 대한 필요성이 좀 느껴지나? 네가

나를 죽인다고 해도 나는 상관없다. 오래 살았고, 이제 모든 감정이 희미해지기 시작했으니까. 같은 드래곤을 만들어야 한다는 열망과 엘프였다는 기억의 파편을 제외한다면 별다른 것도 없지. 그렇지만 내가 죽고, 저 밑의 늙은 놈까지 죽고 나면 너는 드래곤의 정수를 세 개나 갖게 된다. 생각해 봐라. 꼭 지금이 아니어도 좋다. 스스로를 버리는 거라고 생각하지 말고, 한 단계 더 높은 곳으로 가는 거라고 생각해라.

러벤펠트의 상념에는 진심이 담겨 있었다. 같은 드래곤이 되어서 동류가 되지 않더라도, 수현 정도 되는 원석을 드래곤으로 만들 수 있다면 상관이 없다는 태도였다.

상상할 수 없을 정도로 오랜 시간을 살아온 드래곤에게 수현을 드래곤으로 만드는 건 이제 목적과 원인이 섞여서 구분할 수 없어진 상태였다.

─러벤펠트, 네 걱정은 이해했다. 그래, 지구에서 카메론으로 온 것처럼 어딘가 다른 곳에서 여기로 올 수도 있겠지. 지구로 올 수도 있고 말이야. 그래서 나도 뭔가를 할 생각이다.

─……?

─드래곤의 정수에서 힘을 뽑아내겠다. 그렇게 강력한 존재로 만들어주는 거라면 분명 힘을 갖고 있겠지. 이제까지는 몰라서 내버려 뒀지만, 이제는 알게 되었으니 아니야. 거기서 힘을 뽑아내겠다.

드래곤이 되는 게 아닌, 드래곤의 힘을 가진 인간이 되겠다는 선언.

그 선언을 들은 러벤펠트는 순간 멍해졌다. 이렇게 놀란 게 얼마 만인지 알 수 없었다. 미친 듯한 광소가 터져 나왔다. 드래곤은 헐떡이듯이 웃어댔다. 저런 생각은 해본 적도 없었다.

엘프였을 때 드래곤은 그의 목표였다. 더 높은 존재로 승화하는 것, 거기에 어떤 의문도 없었다. 그러나 저 인간은 오만하게도 인간으로서 그 힘을 손에 갖겠다고 선언하고 있었다. 드래곤이라는 것에 자신을 내주지 않겠다고.

러벤펠트는 이제야 알 수 있었다. 지금 그의 눈앞에 서 있는 건 인간이라는 종족의 정수였다. 가장 인간다운 인간이 그의 앞에 서 있는 것이다.

—가능할 거 같나?

—사실, 해봐야 알 것 같긴 해.

—그렇다면 해봐라, 김수현. 너라면 할 수 있을지도 모르겠다. 너처럼 오만한 놈이라면 그런 자격이 있을지도 모르겠다. 스스로가 드래곤이 되는 게 아니라, 드래곤의 힘을 흡수하는 거다!

—러벤펠트, 네가 네 명예를 걸고 약속한다면…….

—그런 일은 없을 거다. 네가 이 시간을 푸는 순간, 나는 전력으로 너를 공격할 거다. 네가 드래곤이 될 때까지.

러벤펠트가 느낀 것처럼 수현은 러벤펠트를 설득하는 건 불가능하다는 걸 깨달았다. 그가 인간인 것처럼 러벤펠트는 드래곤인 것이다.

─그렇다면 안녕이군.

─나름 만족스러운 삶이었다, 김수현. 설마 내가 누군가에게 죽을 거라고는 생각지도 못했지만…… 마지막 상대가 너라는 게 만족스럽군. 한 가지만 약속해 줄 수 있겠나?

─말해봐라.

─언젠가 어쩔 수 없이 드래곤이 되어야 한다면…….

─그럴 일은 없다니까.

─되어야 한다면, 블랙 드래곤이 아닌 레드 드래곤이 되어줄 수 있겠나?

─네 힘을 가장 먼저 흡수하겠다. 할 수 있으면 말이지.

러벤펠트는 만족했다는 듯이 눈을 깜박였다.

─고마웠다, 드래곤.

─이제 작별이군. 잘 있어라, 김수현.

러벤펠트는 전신에서 느껴지는 시간의 흐름에 전율했다. 순식간에 의식이 희미해지고 어딘가로 사라지는 것 같은 느낌을 받았다.

자리에 모인 사람들의 눈에는 드래곤이 빛을 뿜으며 괴로워하는 것처럼 보였다. 수현의 공격에 당하면서 말이다.

"저, 저거 설마……."

"설마……."

수현이 드래곤 앞을 막아섰을 때만 해도 이길 수 있을 거란 생각을 한 사람은 없었다. 그러나 지금, 눈앞에서 일어나고 있는 일은 변하지 않았다.

드래곤, 러벤펠트는 한 줄기 빛으로 변해서 사라졌다. 수현은 그의 옷깃 속에 무언가가 나타난 걸 깨달았다.

그가 이미 하나 갖고 있는 것과 똑같이 생긴, 드래곤의 정수였다.

그렇게 거대한 힘을 다뤘는데도 지친 느낌은 들지 않았다. 오히려 먼 여행을 가는 친구를 보낸 것처럼 기분이 묘했다. 수현은 뒤를 돌아보았다.

자리에서 뒹굴고 있는 사람들이 입을 벌리고 경악한 표정으로 그를 빤히 쳐다보고 있었다.

"대화로 잘 풀어서 해결했다고 해도 안 믿겠지?"

수현의 말을 들은 사람들이 고개를 끄덕였다.

80장
에필로그

드래곤은 왜 인간이나 다른 이종족을 그렇게 하찮게 여겼는가?

수현은 그 마음이 이해가 갈 것 같았다. 손가락을 튕겨서, 아니, 손가락도 아니었다. 눈을 감는 것만으로도 사라지게 만들 수 있는 놈들이 시끄럽게 돌아다니는 걸 계속보다 보면 스트레스를 받을 수밖에 없을 테니까!

지금 수현이 그러고 있었다.

"그 싸움은 좀 과장된 거니 그렇게 신경 쓸 거 없다고 했을 텐데……."

"네가 말해놓고서도 말이 안 된다는 건 알고 있지?"

"그렇지."

수현은 연구소 지하에 앉아 있었다. 서강석이 차를 타서 가지고 오고 있었다. 여기서 꽤 오래 있다 보니 사람이 익숙한 티가 났다.

예전에는 카메론의 오지를 누비면서 사냥꾼으로, 용병으로 활약하던 사람이 이제는 연구실의 경호를 맡고 있다는 게 웃기기는 했지만 서강석은 아무런 불만도 없었다. 오히려 수현에게 감사하고 있었다. 딸의 건강도 그렇고 더 시간을 같이 보낼 수 있었으니까.

"정말로 드래곤을 잡으신 겁니까?"

"그럼 가짜로 잡았겠냐?"

"그 브레스도 팀장님이 쓰신 거…… 맞습니까?"

"젠장. 그래, 마음대로 생각해라. 쓸 수는 있으니까."

수현은 드래곤의 정수를 만지작거렸다. 수현이 러벤펠트에게 '나는 드래곤이 되지 않겠다. 드래곤의 힘을 흡수해서 사용하는 인간이 되겠다!'라고 말했을 때만 해도 그게 바로 될 거라고는 생각하지는 않았다.

그건 일종의 선언이었다. 나는 너처럼 드래곤이 되지는 않겠다.

상대가 저렇게 진심으로 제안을 해오면 그도 진심을 다해서 대답해야 하지 않겠는가. 대충 대답해 줄 수는 없었다.

그래서 러벤펠트의 방식이 아닌 그의 방식을 대답해 준 것이다. 당연히 드래곤의 정수를 흡수하는 데 오랜 시간이 걸릴 거라고 생각하고 있었다.

그런데…….

'나도 내가 이 정도일 줄은 몰랐어, 러벤펠트.'

벌써 러벤펠트가 남긴 정수를 30% 정도는 흡수한 것 같았다. 예전에 한계라고 느꼈던 벽을 아득하게 뛰어넘은 힘이 안에서 느껴졌다.

드래곤 브레스?

지금도 충분히 쓸 수 있었다. 전성기의 러벤펠트만큼은 아니더라도 인간을 상대로는 분에 넘치는 힘이었다.

"그래도 계속 대답 안 하고 계실 수는 없습니다."

"알아. 생각 좀 정리하고 움직일 거야."

사람들은 수현이 엉클 조 컴퍼니 부지 내에 있다고 알고 있었다. 모두가 수현을 붙잡고 어떻게 된 일인지 물어보고 싶어 했지만, 그럴만한 배짱이 있는 사람은 몇 되지 않았다.

그렇게 걸러냈는데도 연락은 쏟아지고 있었다. 수현은 지겹다는 표정을 지었다. 러벤펠트에게 고마운 마음은 사라진 지 오래였다.

시비를 걸 거면 아무도 안 보는 곳에서 걸든가…….

사람들 앞에서 브레스를 쓰고, 드래곤을 쓰러뜨린 사실은 어떻게 해도 변명할 수가 없었다.

드래곤을 잡기 전의 수현은 인간들 사이에서 가장 뛰어난 초능력자였지만, 이제 수현은 걸어 다니는 전략 병기였다. 그 둘은 전혀 다른 의미를 갖고 있었다.

수현은 밖에서 기다리는 사람들을 무시하고 차원문을 사용해 연구소로 왔다. 이제 차원문도 완벽하게 다룰 수 있었다.

"무슨 생각?"

"앞으로 어떻게 해야 할지 말이야. 나는 이런 식으로 전면에 드러나는 걸 좋아하지 않는다고."

"뭐……?"

최지은은 어처구니가 없다는 시선으로 수현을 쳐다보았다.

전면에 드러나는 걸 좋아하지 않는다니. 이게 진심으로 하는 소린가?

"네가 얼마나 유명한지는 알고 있지? 저기 지구 가면 어린 애들이 네 홀로그램 사진 갖고 다니는 것도?"

"뭐?"

"사실입니다. 예나도 하나 갖고 있거든요."

"저번에 왔을 때 사인을 다섯 장이나 한 게 그거 때문이었냐?"

수현은 서강석이 부탁한 이유를 그제야 깨닫고 혀를 찼다.

"알겠지? 넌 이미 충분히 유명하다고."

"그런 뜻으로 한 말이 아니야. 이제까지 유명했던 것과 앞으로 유명할 건 전혀 다르다고. 난 이제까지 밖에 만들어지는 이미지를 철저하게 관리했어."

인류 최초의 마법사. 이타심에 넘치는 젊은 시민 영웅.

사람들은 수현을 사랑했다. 그러나 수현이 뒤에서 무슨 짓을 하고 다니는지는 상상도 하지 못했다.

"내 계획은 이런 이미지를 겉에 세워두고, 나는 뒤에서 조종하면서 살아가는 거였다고. 소소하게 말이야."

"뭘 조종한다고?"

"카메론에서의 한국과 중국 정도?"

"그게 어디가 소소……?"

"지구는 간섭 안 하잖아. 할 필요도 없고. 나는 카메론만으로 만족할 줄 안다고."

"아, 네. 그러시겠죠."

최지은은 한숨을 쉬며 커피를 홀짝거렸다.

"어쨌든 그걸 위한 준비를 계속해 왔다고. 중국 쪽 카메론 지부에 접촉하고, 중국 본토에 혼란을 만들고, 한국 쪽 정치에도 손을 대고 말이야. 내가 얼마나 고생을 한 줄 알아?"

"응? 중국 본토에 혼란이라니?"

"아, 그건 넘어가. 별거 아니야."

"잠깐만, 최근에 일어난 중국 본토에 혼란이면……."

최지은은 설마 하는 표정으로 뉴스를 확인했다.

-'하나의 중국', 드디어 한계를 맞나?

-한계까지 짓눌린 갈등, 결국 폭발하다. 중국 소수민족 단체 봉기…… 독립을 주장하다.

-소수민족 초능력자들의 게릴라전에 큰 피해를 입은 중국군. 몬스터까지 나타나…… 늪으로 들어가는 정국.

"이걸 설마 네가 했어?!"

"아니…… 나도 이렇게 효과가 좋을지는 몰랐지. 생각보다 몬스터를 상대 못 하더라고. 그 인원으로 몬스터 상대도 못 하는 건 내 잘못이 아니지."

사실 수현의 잘못이 맞았다. 이 상황이 만들어진 가장 큰 이유 중 하나는 그가 보낸 슬라임이었으니까.

보낼 때는 반신반의 했지만, 슬라임은 의외로 그가 마지막으로 남긴 명령을 충실하게 따랐다.

소수민족들과 함께 움직이며 전략적으로 파괴를 일삼은 것이다. 중국군은 갑자기 나타난 슬라임에 혼비백산했다. 별거 아닌 겉모습에 비해 그 위력은 절대적이었다. 물리 공격은 먹히지 않는 것이나 다름없었으니…….

슬라임이 있는 지역은 접근이 불가하다고 봐도 좋았다. 거기다가 수현이 보낸 몬스터까지 난리를 치니 중국 쪽은 간신히 막아내고만 있었다. 그사이 결탁한 소수민족들이 들고 일어난 것이다.

"그리고 내가 하려는 말은 그게 아니야."

"이제 지금 그렇게 넘길 만큼 사소한 일이 아닌 것 같은 데……."

"어쨌든 이런 식으로 아주 노력을 해서, 이제 거의 과실을 보기 직전이었단 말이지? 뒤에서 카메론의 질서를 조종할 수 있는 위치. 그게 내가 원하는 거였어."

"그런데 이제 그게 안 된다?"

"그렇지. 걸어 다니는 전략 병기는 받는 시선부터가 다르니까. 아무리 숨으려고 해도 눈에 띌 수밖에 없어. 지금 들어온 연락부터가……."

극비로 만나자는 연락이 각국에서 들어온 상태였다. 제대로 된 말이 없었지만 누구를 만나게 되는지는 명백했다.

미국으로 가게 되면 현 대통령을 만나게 될 것이고, 중국으로 가게 되면 주석을 만나게 되겠지.

물론 수현은 다른 건 몰라도 지금 상황에서 중국을 갈 생각은 없었다. 중국에 가게 되는 순간 어떻게든 몬스터를 잡아야 하게 될 테니까.

그들이 발목을 붙잡고 늘어질 게 분명했다. 그가 보낸 몬스터를 그가 나서서 처리하는 것만큼 코미디도 없었다.

그렇다고 생각이 정리되지도 않은 상황에서 미국에 갈 생각은 없었다. 미국 쪽에서 대통령이 직접 나서서 극비로 이야기할 게 무엇인지 상상도 되지 않았다.

"그렇지만 어쩔 수 없잖아?"

"그렇지. 일어난 건 어쩔 수 없지. 받아들이고 계획을 바꿔야겠지……. 아, 젠장. 진짜 공들였는데…….."

기껏 세워놓은 계획들이 다 틀어지게 생기자 속이 쓰렸다. 수현은 마음을 다잡았다. 그래도 해놓은 게 완전히 무의미하지는 않지 않은가.

"너 슈퍼맨 알아?"

"뭐?"

"슈퍼맨. 그 만화에 나오는……."

"아, 너 그런 거 좋아했었지."

"아, 아니거든?"

"좋아했었잖아? 너 책도 모아놓고 그랬었……."

"시끄러. 이 이야기를 왜 했냐면 지금 네 상황이랑 비슷하다고 생각돼서야."

"내가 팬티를 바지 위에 입고 다니지는 않지만, 뭐 계속해 봐."

"……그런 뜻이 아니라, 인류 전부가 상대할 수 없을 정도로 강한 힘을 가진 개인이 있을 때, 사람들이 어떻게 반응하는가. 이 소리였어."

"내가 기억하기로 슈퍼맨은 힘 있는데 자기는 인간이라고 말하면서 정체를 숨기는 놈 아니었어? 별로 참고가 안되는데."

"작품이 다양하니까 나타나는 모습도 다양하지."

수현은 한숨을 쉬며 계속하라는 손짓을 보냈다. 최지은이 저런 걸 좋아한다는 걸 알고 있었지만 지금 상황에서 굳이 이걸 말할 필요가 있나 싶었다.

"어쨌든! 어떤 작품에서는 슈퍼맨이 공산주의자 독재자로 나오거든?"

"뭐? 특이한데. 중국에서 나온 작품이야?"

"그건 아니고…… 어쨌든 슈퍼맨이 힘을 숨기고 사는 게 아니라, 드러내고 살았을 경우의 이야기야. 대놓고 나가는 거지."

"흠…… 그래서? 자신의 힘을 생각하지 않고 쓰면 저렇게 독재자가 될 수 있으니 주의해라?"

"아니?"

최지은은 무슨 소리를 하냐는 듯이 수현을 쳐다보았다.

"네가 마음만 먹으면 저런 것도 할 수 있다는 소리였는데."

"……."

"차원문을 이용하면 거리는 의미가 없지? 게다가 이제 인류 쪽이 갖고 있는 핵도 너한테는 의미가 없을 거고. 초능력

전력도 마찬가지니까."

옆에서 듣던 서강석이 차를 작게 뿜었다. 최지은이 교훈적인 이야기를 하는 줄 알았던 것이다. 그런데 하는 소리를 잘 들어보니…….

'아니, 할 수 있어도 그런 짓은 하면 안 되지!'

평소에는 모범적인 연구자로 지내서 잊고 있었지만, 최지은은 그 김수현과 잘 어울리는 짝이었다. 당연히 사고방식도 평범하지 않았다.

"네가 너무 고민하고 있는 것 같아서 한 이야기였어. 하고 싶은데 능력이 없을 때가 문제지, 넌 능력이 넘치잖아. 하고 싶은 걸 해."

"그래, 고마워. 덕분에 좀 생각이 정리가 되네."

"팀, 팀장님. 설마 진짜 세계 정복을 하실…….."

"그런 짓은 안 하지."

"역시, 그러실 줄 알았습니다."

서강석은 안도의 한숨을 내쉬었다. 그러면 그렇지. 둘이 대화한 건 농담이었던 것이다.

"세계 정복 같은 건 수지 타산이 안 맞잖아. 정복을 하고 싶으면 더 은밀하고 조용하게 하는 방법이 있는데."

"……."

"일단 장관부터. 아, 그리고 철저하게 조사해서 이중영하고 관련이 있던 놈들은 모조리 내보내고. 이중영은 지금 감옥에 있겠지? 어차피 다들 관심도 없을 테니 내가 처리하지."

"……."

행동에 나선 수현을 보고 전(前)개발 계획국 국장 이원재는 질린 표정을 지었다. 잠시 조용하던 건 역시 폭풍 전의 고요였던 것이다.

수현이 행동할 거라고는 생각했지만 이렇게 폭풍처럼 행동할 거라고는 생각하지 못했다.

"왜 그러지? 뭐 불만이라도 있나?"

"아, 아무것도 없습니다."

"좋아, 웃으라고. 장관 자리가 싫어? 지금 저기 이중영은 이 자리 얻으려고 하다가 저 꼴이 됐는데."

이원재는 억지로 웃으려고 했다. 지금 그의 눈앞에는 그를 쳐다보고 있는 여당 의원들과 대통령이 있었다. 정신을 놓으면 기절할 것 같았다.

난데없이 갑자기 비밀 회담에 참석하게 된 그들은 하고 싶은 말이 많아 보였다. 수현 때문에 참고 있는 게 분명했다. 어쩌다가 그가 이렇게 호가호위하게 됐는지…….

"아니, 김수현 씨. 약속한 건 알고 있습니다만, 그래도 이렇게 갑작스럽게는 좀…… 좀 기간이 남지 않았습니까?"

"아, 그때는 그랬지. 그런데 이제 상황이 좀 달라졌잖아. 내가 좀 변한 위치에 적응을 하려고."

"……?"

"전에는 겸손한 이미지를 만들려고 했지만, 이제는 그럴 필요가 없어서 그냥 내가 편한 데로 갈 거야. 불만이 있으면 그냥 말해. 물론 뒷감당은 꺼낸 사람이 지어야겠지."

오만할 정도의 패기.

그러나 아무도 입을 열지 못했다. 정치적인 이유로도, 물리적인 이유로도 수현을 거스를 수 있는 사람이 아무도 없었다.

"그리고 거기, 김 의원."

"……?!"

"이중영하고 친하게 지냈던 거 같은데. 맞나?"

"나, 나는 아무런 상관도 없……!"

"뇌물 받았어, 안 받았어?"

"받긴 받았지만 아무것도 해주지 않았다!"

옆에 의원이 황당하다는 듯이 그를 쳐다보았다.

지금 그게 할 소리냐?

그러나 김 의원은 진심이었다.

"좋아, 이번 한 번만은 믿어주지."

"……!"

"대신, 해줄 일이 있어. 별로 어려운 일은 아니고."

"……?"

별거 아닌 거라고 말했지만 그 소리를 그대로 믿는 사람은 아무도 없었다. 김 의원은 불안한 표정으로 동료 의원들을 둘러보았다.

그래도 같은 당에서 동고동락하며 지낸 사이인데, 김수현의 이런 폭거에 좀 대항을……?

그러나 아무도 시선을 맞추지 않았다. 모두가 시선을 돌리는 상황!

'이런 XXX 같은…….'

분명 그가 이 같은 상황에 처했어도 모르는 척을 했을 테지만, 그가 직접 당하는 건 경우가 달랐다. 김 의원은 치솟는 배신감을 느꼈다.

자리에 있는 의원들이 모두 짜기라도 한 것처럼 김 의원을 외면하는 데에는 이유가 있었다. 물론 김 의원 혼자 피해를 보는 거면 싸게 먹힌 거라는 계산도 있긴 했다. 그러나 그 계산뿐만은 아니었다.

―김수현을 어떻게 대해야 하는가?

드래곤이 갑자기 차원문으로 날아와서 각국의 군대를 쑥 대밭으로 만들고 수현에게 쓰러진 사건은 넘어가려고 해도 쉽게 넘어갈 수 있는 일이 아니었다.

일어난 지 얼마 되지 않았지만 각국에서 수뇌부라고 할 수 있는 이들은 고뇌에 빠졌다. 이 중에서 한국은 가장 많은 고민을 한 사람들이었다.

다른 나라들은 '저런 전략 병기를 그냥 보유하고 있다니, 아주 행복에 겨운 고민을 하고 있네'라고 생각할지 모르겠지만 한국의 정치인 입장에서는 그게 아니었다.

그들은 몇 번 수현과 거래를 한 적이 있었고, 그래서 일반 대중처럼 수현이 친절하고 정의로운 영웅이라는 생각을 절대 하지 않았다.

그들이 보기에 수현은 정치 쪽으로 나섰어도 대성할 인물이었다. 카메론에서 했던 일과 지구에서 시민을 위해 했던 일만 줄줄 늘어놓아도 사람들은 박수를 보낼 게 분명했다. 인기만 봐도 확실했다.

움직일 때는 절대로 생각 없이 움직이지 않고, 거래를 할 때는 반드시 필요한 것을 받아냈다. 수현은 영웅의 탈을 쓴 능구렁이였다.

수현이 왜 저런 힘을 갖고 있는데 지금까지 가만히 있었는지는 알 수 없었다. 그러나 저 힘을 공개한 이상, 수현은 그에 걸맞은 대우를 받으려고 할 것이 분명했다. 실제로 그럴 자격이 있었다.

혼자서 일국을 박살 낼 수 있는 사람이 얻어내지 못할 게 무엇이겠는가?

그렇다. 안 그래도 높았던 수현의 신분이 아주 하늘을 뚫고 상승해 버린 것이다. 그리고 이제 그들은 수현을 어떻게 대우해 주고 한국에 붙들어 놓을지 생각해 내야 했다.

다행히 마법사일 때부터 수현은 한국에 남아주었지만, 이제는 어떻게 달라질지 몰랐다. 만약 그가 불만이 있다면 무력으로 협박할 필요도 없었다.

그냥 떠나면 됐다. 그 누가 막겠는가?

그렇게 된다면…….

'생각만 해도 끔찍하군.'

그 책임을 모두가 져야 할 것이다. 야당은 신이 나서 날뛸 것이고, 김수현 성격상 떠나게 되면 야당에게 힘을 실어주면 실어줬지 조용히 떠날 리 없었다.

다른 나라야 김수현과 어떻게 새로운 관계를 맺을까 고민하고 있지만, 그들은 밑져야 본전이었다.

실패해도 자국민들에게 비판을 받지는 않았다. 그에 비해 한국은 실패하면 본전도 잃는 것이었다.

결국 결론이 나왔다.

-가능한 모든 걸 약속해 주자!

당연히 처음에는 반대 의견도 나왔다.

너무 막 나가는 것 아닌가? 저건 개인한테 절대적인 권한을 주는 것이다.

이게 어떤 의미인지를 떠나서, 밖으로 알려지면 아무리 상대가 수현이라도 분명 말이 나올 것이다.

-별 상관없지 않나?

-상관이 없기는 무슨! 밖으로 새어 나가면 어떻게 할 생각이냐!

-어차피 이게 알려질 일이 뭐가 있겠나. 잘 생각해 봐. 김수현이 이런 권리를 갖는다고 도심에서 사람을 죽이고 다니기라도 하겠어? 그도 우리만큼이나 정치를 아는 사람이야. 이런 밀약을 밖으로 공개하면 서로 위험하다는 걸 알고 있을 거라고. 당연히 알아서 조절을 하겠지.

-음…….

확실히 맞는 말이었다. 수현이 미치지 않고서야 이걸 대놓고 공표하지는 않을 테니까.

—오히려 이렇게 권한을 주는 걸로 김수현을 한국에 묶을 수 있다면 이득 아닌가. 다른 나라를 생각해 보게. 이 정도도 안 할 거 같나?

—…….

모두가 침묵에 잠겼다.

다른 나라라면 어떻게 행동할까.

솔직히 카메론에서 뭔가를 하려는 나라라면 어떤 대가를 치르더라도 김수현을 데리고 갈 것 같았다.

단순히 카메론뿐만 아니라 군대 자체를 혼자서 날려 버릴 수 있는 개인이라니.

—그러면 결정됐나?

—동의합니다.

—김수현이 지금 당장은 뭘 요구할 것 같나?

—글쎄요? 장관 자리는 저번에 약속했었으니 바로 말하지는 않겠죠. 아직 시간이 좀 남았으니.

"카메론의 군 지휘권은?"

"공개적으로가 아닌 비공식 라인을 통해서 말해주셔야 하지만, 실질적으로는 무엇이든지 가능하다고 보셔도 됩니다."

"마음에 드는군. 자리만 찾아놓고 개발하지 않은 곳이 넘치는데."

수현은 담당자의 말을 듣고서 고개를 끄덕였다. 대놓고 부리지만 못하지 실질적으로 원하는 곳에 부대를 보낼 수 있다는 뜻이었다.

갑자기 새삼스러워졌다. 예전에는 이 조직의 가장 밑이나 마찬가지였는데, 어느새 가장 위로 뛰어오른 것이다.

"크흠, 크흠."

"아, 미안. 잊고 있었네."

"……."

김 의원은 헛기침을 하며 수현을 노려보았다. 그는 수현의 옆에 앉아 있었다. 물론 시간이 남아돌아서가 아니라, 수현이 불렀기 때문이었다.

"뭘 원하나?"

"별거 아니고, 이중영 관련해서 뒤처리 좀 하려고."

괜히 구질구질하게 일을 끄는 건 수현의 방식이 아니었다. 수현은 허가를 받은 즉시 내려가서 이중영의 숨통을 끊어버렸다.

이중영은 수현의 얼굴을 보지도 못하고 즉사했다. 그러나 아직 남아 있는 것들이 있었다.

"놈이 부리던 팀, 놈이 가명으로 돌리고 있던 회사들……
다 조사해 보고 긁어와. 원래 이런 재주로는 타고난 놈이니
까 아마 이것저것 복잡하게 우회를 해놨을 텐데, 죽었으니
찾다 보면 다 나오겠지. 놈과 좀 친하게 지냈다 싶은 놈 있으
면 모조리 잡아서 감옥에 집어넣고."

깔끔하고 단호한 뒤처리야말로 수현의 방식이었다.

적이 있으면?

죽인다.

감옥에라도 들어갔다면?

찾아서 죽인다.

괜히 내버려 뒀다가 나중에 증오와 복수심을 쌓고 돌아온
놈한테 뒤통수를 맞는 건 사양이었다.

드래곤의 힘을 얻든 얻지 못하든 그 본질은 그대로 수현이
었다.

"아니…… 그걸 왜 내가……?"

물론 수현한테 불려온 김 의원한테는 이해가 가지 않는 소
리일 뿐이었다.

그걸 왜 그가 해야 한단 말인가?

세금 추적이라면 세무서에서 하고 숨겨놓은 병력 추적이
라면 군이나 행성관리부에서 부리는 용병들도 있지 않은가.

"다 할 줄 아는 거 아닌가? 자기가 할 줄은 몰라도 아는 사람은 있겠지. 모르는 척하지 마. 돈 받는 거 다 알고 있으니까. 이중영한테도 받았었잖아. 이런 궂은일 하기 싫었으면 받을 때 생각부터 했어야지."

"……."

"그리고 다른 사람은 다 자기 일로 바빠서 안 돼."

'그럼 난 할 일 없는 사람이냐?'

목구멍까지 나왔지만 의원은 조용히 삼켰다. 그리고 그건 옳은 선택이었다.

"절대적인 협력을 약속한다. 이 정도면 됐습니까?"

"절대적인 협력이라는 건?"

"말 그대로 가능한 전부를 생각하시면 됩니다. 다만 이 사실을 밖으로 공표하지는 말아주십시오."

"사람 생각하는 게 다 비슷하지."

"……?"

"아무것도 아니야. 밖으로 공표할 생각은 없으니 걱정하지 말라고."

미국이 준비한 건 상호방위조약과 불가침조약을 섞은, 처음 보는 형태의 계약이었다. 상대할 수 없는 몬스터가 나타났을 때 수현의 도움을 받고 혹시 나중에라도 분쟁이 생겼을 때 수현이 나서서 미군에게 드래곤 브레스를 날리지 않겠다는 약속을 하는 대신 미국 쪽에서 제시할 수 있는 모든 걸 받는 계약.

멋대로 이런 밀약을 맺었다는 걸 한국 쪽에서 알게 되면 배신감을 느끼게 될지도 몰랐지만 수현은 별로 신경 쓰지 않았다. 이미 그런 눈치를 볼 단계는 지나 있었으니까.

'중국은 빼고······.'

지금 중국에 가면 발목을 잡힐 확률이 100%!

상황을 더 보고서 몬스터를 뺄지 더 투입할지 결정할 생각이었다.

"아, 그리고······."

"······?"

"혹시 인공 아티팩트를 좀 더 받을 수 있겠습니까?"

"아직도 회장과 사이가 안 좋나? 슬슬 화해했을 줄 알았는데."

"······."

"그러게 그런 식으로 비밀을 만들지 말았어야지. 회장도 나름 애국자인 편인데 말이야. 나에 비하면 훨씬 애국자지."

생각해 보면 미국 정부 쪽에서 숨긴 정보가 회장의 귀에 들어가게 된 이유는······.

'당신 때문이잖아!'

그 당사자가 저렇게 뻔뻔하게 말하니 어이가 없었다. 그렇지만 아쉬운 건 그들. 남자는 참고서 고개를 끄덕였다.

"부탁드리겠습니다. 회장이 워낙 완고한 성격이라……."

"말은 한번 꺼내보지."

"……!"

"그러면 이만 가 보겠어."

"안내해 드……."

그러나 수현은 말이 끝나자마자 사라졌다. 남자의 입이 벌어졌다. 지금 그가 있는 곳은 온갖 방어 장치가 되어 있는, 미국에서도 드문 철통 보안을 유지하고 있는 장소였다. 이곳처럼 초능력에 대한 대비까지 완벽하게 되어 있는 곳은 흔치 않았다.

그러나 수현은 아랑곳하지 않고 그 자리에서 사라져 버렸다. 주변을 확인했지만 수현의 모습은 보이지도 않았다. 순간이동 수준이 아니었다. 남자는 다시 한번 수현의 능력에 전율했다.

"자네인가?"

"안 놀랍니까?"

"슬슬 한 번쯤 오지 않을까 생각하고 있었지. 그래, 드래 곤은 어땠지?"

"몇 번은 봤을 텐데, 뭘 다시 묻고 그러십니까."

회장은 고개를 끄덕이고 영상을 재생시켰다. 수현이 드래 곤과 상대하는 장면이 다시 시작되었다.

"자네한테는 말한 적 없지만, 예전에 드래곤을 한 번 본 적이 있네."

"……?"

"카메론 개척 초기 때의 일이야. 그때는 나도 좀 더 겁이 없었거든. 몬스터가 얼마나 위험한지도 잘 몰랐고. 탐험대에 참가해서 카메론을 직접 보고 싶었지. 그때 멀리서 날아가는 드래곤을 봤었어."

"그래서 어땠습니까?"

"그렇게 완벽하고 아름다운 생물이 또 있을까 싶었지."

"감상이 독특하시군요. 저는 상대하면서 저렇게 끔찍한 놈이 또 있을까 생각했는데."

"혹시 드래곤과 이야기를 나눴나?"

"……!"

수현은 놀랐다.

회장이 어떻게 그걸?

"나뿐만이 아니라 머리가 좀 돌아가는 사람은 한 번쯤 해 봤을 생각일 거야. 보게, 드래곤이 이렇게 박살을 냈는데 사망자는 한 명도 없어. 너무 공교롭지 않나? 힘 조절을 한 게 아닌가 싶은 거지."

수현은 그제야 사람들이 뭘 보고 그런 생각을 했는지 깨달았다. 사람들은 장님이 아니었다. 처음 드래곤에게 공격을 퍼부었을 때는 그렇게 냉정하게 학살을 했는데 이번에는 이렇게 힘 조절을 하다니. 확실히 이상했다.

"자네를 불렀나? 저것들을 인질로?"

"거의 비슷합니다."

"역시 그랬군. 잠깐, 그런데…… 자네가 저 사람들을 인질로 잡혔다고 하라는 대로 할 사람은 아니지 않나?"

"차원문부터 시작해서 도시를 다 불태워 버릴 기세였으니 결국 시간문제였죠. 결국에는 싸워야 했을 겁니다."

"드래곤이 왜 그렇게 화를 냈나?"

"글쎄요."

"한국 정부는 절대로 인정하지 않겠지만, 나나 미국 정부들은 의심하고 있네. 한국 쪽에서 드래곤을 건드린 게 아닌가 하고 말이야."

이중영이 드래곤의 알을 훔치려고 시도한 건 철저하게 묻혔다. 인정해서 좋을 게 없었다. 저번에 일본이 가짜 차원문

소동으로 손해 배상을 하고 국제적으로 망신을 당한 걸 생각해 봤을 때, 드래곤의 가짜 알을 훔친 건 그것보다 더 큰 일이었다.

물론 드래곤이 함정을 판 것이었지만 그런 말을 믿어줄 사람이 누가 있겠는가. 드래곤이 날아와서 군대를 박살 낸 결과만이 남았을 뿐이다.

"전 잘 모르겠는데요."

"이제 숨길 필요도 없는 사람이 뭐 하러 숨기는 건가?"

회장은 이해가 가지 않는다는 듯이 투덜거리며 자리에서 일어섰다.

"그래, 이제 드래곤 슬레이어인가. 앞으로는 뭘 할 생각이지?"

"카메론의 미답지를 돌아다니는 것도 나쁘지는 않겠지만, 다른 계획이 하나 있습니다. 회장님도 좋아할 겁니다."

"내가 자네가 세운 계획이라면 뭐든지 좋아하는 거 알지?"

회장은 금세 눈치를 채고 입에 발린 소리를 했다. 수현은 피식 웃었다.

드래곤의 힘을 흡수해 가고, 카메론의 남은 미답지는 미답지라는 의미를 잃어가고 있는 이상, 수현에게 남은 건 하나밖에 없었다. 차원문이었다.

러벤펠트도 차원문으로 지구처럼 다른 행성을 찾으려고

했지만 그렇게 성공적이지 않았다. 저 정체를 알 수 없는 슬라임 같은 게 튀어나오는 마당이니 괜히 일을 만드는 걸 수도 있었지만……

결국 언젠가 거기서 넘어올 거라면 이쪽에서 먼저 길을 열어내는 편이 나았다.

'거기에 뭐가 있는지는 알지 못하지만.'

수현은 자신감이 있었다. 더 이상 지지 않으리라는 자신감이. 시간을 이해한 순간부터 그의 안에는 확고한 자신감이 생긴 것이다. 만약의 일이 생기면 다시 시작할 수 있기에.

'기다리는 것보다는 이쪽에서 먼저 나아가는 게 낫겠지.'

이제까지 그랬던 것처럼, 그게 인간의 방식이었다.

외전

"그런데 회장님, 좀 의외군요."

"뭐가 말인가?"

"대통령이나 그 외, 기타 등등은……."

"내가 자비심 넘치는 사람은 아니지만, 그래도 그 사람들을 '기타 등등'이라고 말하고 넘어가는 건 좀 짠하군. 나름 자기 자리에서 오래 구른 전문가들인데."

미 정부의 수뇌부에서 일하는 이들이 저렇게 길가에 굴러다니는 돌멩이 취급을 받는 것도 참 신선한 일이었다. 회장은 그렇게 생각하며 고개를 저었다.

"그 사람들은 딱히 말을 안 꺼낸 게 이해가 갑니다. 겁을 먹었겠죠. 괜한 소리라도 했다가 내가 '안 놀아' 하면 많이 곤란해지니까."

"'안 놀아' 말고 좀 더 고급스럽게 표현해도 되지 않나?"

"그런데 회장님이 이렇게 조용하실 줄은 몰랐는데요. 드래곤에 대해 많이 물어볼 줄 알았는데. 드래곤 잡고서 나온 거 없냐, 드래곤이 무슨 이야기를 했냐, 드래곤에게서 뭔 비밀을 알아낸 게 없냐……."

"사실, 많이 궁금하기는 했지. 자네가 짜증 낼 거 같아서 가만히 있었지만. 그리고 사실 자네가 생각한 것보다 더 많이 뒷조사를 하기도 했고."

수현이 드래곤을 쓰러뜨리고 사람들에 둘러싸여 돌아가고 나자, 각국의 군인들은 신경전을 벌이며 드래곤이 있었던 장소를 확보하려고 들었다.

당연한 일이었다. 드래곤의 흔적 하나라도 어마어마한 가치를 가진 것이었으니까. 다른 나라한테 뺏길 수는 없었다.

"정말 하나도 안 남았던데. 맞나? 드래곤이 아무것도 안 남겼다는 게?"

수현은 얼굴 표정 하나 변하지 않고 거짓말을 했다.

"그렇죠."

"정말 아쉽군. 기대가 됐었는데."

"기대를 했긴 했습니까?"

"사실 드래곤이 나타났을 때만 해도 일이 틀렸다고 생각했지. 내가 살아 있는 동안 드래곤이 잡힐 거라는 생각은 더더욱 안 했고. 기대를 한 건 자네가 잡았다고 한 다음이네."

회장은 드래곤에게 별게 없었다는 말을 들은 이후에도 지나치게 침착했다. 저런 건 회장의 태도가 아니었다. 수현은 고개를 갸웃거렸다.

오래 사는 것에 집착하는 회장의 성격상 드래곤이라는 강력한 몬스터에 대해서 저렇게 쉽게 물러날 리가 없었던 것이다.

"대체 뭡니까?"

"뭐가?"

"회장님이 이렇게 욕심 없는 사람이 아니잖습니까. 제 발목 붙잡고 있지도 않은 걸 내놓으라고 하셔야죠."

"그러기를 원했나? 하하."

회장이 이렇게 나오자 수현은 슬슬 불안해지기 시작했다.

이 양반이 대체 뭘 잘못 먹었나?

"나라고 매번 그렇게 애걸복걸해야 하는 건 아니지."

"회장님⋯⋯."

"알겠네. 그냥 말해주지. 어차피 자네도 알게 될 일이고. 별로 비밀도 아니야. 내가 후원하는 연구팀이 많은 건 알고 있지?"

"예."

"당연히 진행하고 있는 연구도 많지. 사실, 대부분은 돈만 잡아먹는 쓰레기 같은 놈들이지만⋯⋯."

"······."

"······가끔은 정말 쓸 만한 게 나오거든. 인공 아티팩트 프로젝트 같은 것 말이야."

"그러니까 돈을 쓰시겠죠. 그래서요?"

"어쨌든 카메론의 어지간한 건 다 연구하게 시키는데, 이번에 재미있는 연구 결과가 나왔네. 자네 붉은 돼지 버섯 알지? 오크들이 좋아하는 그거 말이야."

"예, 알죠."

오크들이 건강과 활력과 정력의 요소라고 말하고 다녀서 한때 붐이 일었다가, 그 이후로 사그라진 물건이었다. 사실 카메론의 붐이라는 게 대체로 그랬다. 한번 유명해지면 들불처럼 끓어올랐다가 뚜렷한 효과가 나오지 않으면 시들해지는 것이다.

수현이 돌아오기 전에는 사기라는 발표가 났지만 이번에는 그런 발표가 나지 않았었다.

"붉은 돼지 버섯을 연구하던 놈들이 결과를 냈네. 세포 노화와 재생과 촉진과 재분열 어쩌고저쩌고하는 내용인데······."

수현이 질색하는 표정을 짓자 회장이 고개를 끄덕였다. 이런 전문적인 내용은 서로 좋아하지 않았다.

"자세한 내용은 자네도 나도 별로 관심이 없지. 요약하자면, 일정 나이 이상의 사람이 지속적으로 붉은 돼지 버섯을

섭취할 경우 신체 세포 재생이 일어날 수 있다는 거야."

"……?"

수현은 그가 알고 있던 것과 다른 상식에 당황스러웠지만 일단은 더 물어보았다.

"그 일정 나이 이상이 대충 어느 정도입니까?"

"한 이백 년 정도? 오차가 좀 있기야 하겠지. 어쨌든 계속 복용하다 보면 효과를 볼 수 있다는 거지!"

"젊음에 대한 회장님의 집착에는 좀 감탄이 나오긴 하는데, 정말 아무 쓸모 없는 연구군요. 애초에 이백 년 넘게 살 수 있는 인간이 몇 명이나 된다고……."

"적어도 나는 살 수 있지. 그리고 자네도 아마 그러지 않겠나? 그러니 미래를 대비해서 미리미리 먹어두라고. 나중에 가서 후회하지 말고."

수현은 회장에게 시간을 돌리는 능력으로 육체의 노화를 없앨 수 있다는 걸 말하지 않기로 했다. 괜히 말해봤자 복잡해지기만 할 테니까.

"내가 좀 싸뒀으니 가져가도 좋네."

"마음만 받겠습니다."

수현은 자리에서 일어섰다. 회장이 행복한 표정으로 버섯 요리를 먹는 모습이 살짝 안타까웠다. 마치 기어가는 거북이를 보는 독수리가 된 느낌이었다.

"아, 말하는 걸 잊을 뻔했는데, 곧 있으면 결혼식이 있는 거 알고 있나?"

"회장님 새로 결혼하십니까? 결혼하시기 전에 혼전 계약서 쓰는 거 잊지 마시죠. 아무리 회장님이 사랑한다고 하더라도 저는 회장님 애인이랑 권리 갖고 투덕거릴 생각 없으니까."

"……나 말고, 자네 부하."

"제 부하요? 결혼할 사람이…… 있긴 있군요. 인규도 있고, 곽현태도 괜찮고, 박수용이나 정성재, 김동욱은 지금 일선에서 안 뛰니 결혼하기 딱 좋은 때긴 하네요."

"김창식 말한 걸세."

"젠장, 김창식은 아닐 거라고 생각해서 가장 마지막에 말하려고 한 거였는데."

"내가 언제나 생각하는 거지만, 자네는 자네 부하들한테 너무 엄격하게 대하는 것 같네. 나도 밑의 사람들한테 친절한 편은 아니지만 자네는 나보다 더 심해. 자네가 너무 뛰어나서 그런 것도 있겠지. 김창식 정도면 괜찮은 인재 아닌가? 자네와는 비교도 안 되겠지만 S급 화염 계열 초능력자는 아무 데서나 구할 수 있는 게 아니네. 그 잭도 인정한 사람이라고."

"……."

수현은 고개를 저었다.

"그리고 괜찮지 않더라도 괜찮아야 하네."

"왜입니까?"

"상대가 내 조카잖나."

"아……."

그러고 보니 회장이 김창식 결혼식을 알 이유가 없었다. 수현은 그제야 어떻게 된 건지 깨달았다.

'잠깐, 이거…….'

김창식의 초능력이 가짜라는 게 나중에 알려진다면 회장이 수현에게 그를 속였다고 화내는 것 아닌가?

수현은 다짐했다. 끝까지 속이기로.

'안 들키면 되지.'

지금 말해서 괜히 파탄 내는 것보다는 그게 나았다. 수현은 웃는 얼굴로 고개를 끄덕였다.

"회장님 말씀이 맞습니다. 김창식 정도면 괜찮은 남자죠. 신랑감으로는 제가 보증합니다."

"뭔가 기분이 이상한데……. 뭐 나한테 숨기고 있는 건 아니겠지? 혹시 빚이 있다든가…… 아니, 이건 멍청한 소리군. 빚은 의미가 없지. 성격이 더럽다든가……."

"좀 허세를 부리긴 하는데 잡혀 살 인간이죠."

"그건 마음에 드는군."

"팀, 팀, 팀장님."

"벌써 술 마셨나?"

"그게 아닙니다! 저 사람들은 다 어디서 온 겁니까?"

"회장이 불렀겠지, 뭘. 애초에 회장이 모든 걸 처리한다고 했을 때부터 이 정도 상황은 예상했어야지. 회장이 그러면 스몰 웨딩이라도 할 줄 알았어? 그 성격에?"

"그건 아니지만……."

김창식은 딸꾹질을 하며 주변을 둘러보았다. 해외 뉴스에서 봤던 것 같은 사람들이 실제로 그의 옆에서 돌아다니는 걸 보니 실감이 나지 않았다.

"저, 저 사람은……."

"누구?"

"미국 국토안보부 장관 아닙니까? 뉴스에서 봤는데……."

"아, 글씨 잘 쓰던 사람이군."

"예?"

"아무것도 아니야."

수현이 찾아왔을 때 직접 맞이해야 했던 불운한 사람 중 하나였다. 수현이 손을 흔들자 그는 다가와서 고개를 숙였다.

"잘 지내셨습니까?"

"물론."

"회장과의 중개는 다시 한번 감사드립니다."

"내가 한 게 뭐가 있나. 원래 그 양반이 좀 어린애 같은 구석이 있어서 쉽게 삐지고 쉽게 풀려."

"하하……."

남자는 속으로 진땀을 흘렸다. 수현이야 이렇게 막말을 해도 됐지만 그는 이런 대화를 했다는 게 알려진다면 회장이 지랄 발광을 할 것이 분명했다.

카메론이 발견된 이후 미국 국토안보부의 영역은 카메론까지 확장되었다. 당연히 수현과 가장 많이 부딪혀야 하는 사람도 바로 그였다.

막강한 권력을 휘두르는 자리에 앉아서 가장 신경 쓰는 게 수현과의 관계라니 조금 슬퍼졌지만, 그래도 이게 어딘가. 남자는 그가 국익을 위해 최선을 다하고 있다고 자부했다.

"그런데 결혼식은 왜?"

"회장님의 초대를 받았습니다. 그리고……."

장관은 수현을 쳐다보았다. '당신 부하잖아?'라는 뜻이었다.

"아, 나 때문에 온 건가? 난 별로 신경 안 쓰는데."

"……."

남자는 입을 다물었다. 수현이야 신경 안 쓴다고 말해도 지금 막 밀약을 맺은 입장에서 신경을 안 쓸 수가 없었다. 그

결과가 이런 결과였다.

"그러면 저는 이만 가 보겠습니다."

"그래, 조심해서 가라고."

더 남아서 수현과 대화해 봤자 좋을 게 없다고 판단한 남자는 빠르게 발을 뺐다. 과연 장관 자리까지 오를 만한 사람이었다.

"팀장님."

"왜?"

"사실 마리아한테 제 능력을 말했습니다."

"뭐? 이런, 뭐래? 파혼하자고 했나?"

"……아니거든요?"

김창식은 살짝 울컥했다. 수현은 대체 마리아를 뭘로 보고 있단 말인가.

"능력 속이고 있던 놈이라는 걸 알면 화를 낼 수도 있지. 안 내다니 다행이네."

"사실 꽤 예전에 말했습니다."

수현의 눈초리가 매서워졌다.

"내가 비밀 지키고 다니라고 하지 않았나?"

"그, 그게…… 사랑하는 사람한테까지 비밀을……."

"사랑하는 사람한테까지 지키니까 비밀인 거지. 그렇게 예외 둘 거면 왜 비밀이야? 어쨌든, 뭐래?"

어차피 김창식의 비밀이 알려지면 쪽팔린 건 김창식이었지 수현이 아니었다. 이제 와서 그거 하나로 흔들릴 수현의 위치도 아니었고.

"별로 신경 안 쓰니까 들키지만 말라고……."

"너보다 더 똑똑하군. 아내 말 잘 따르라고. 술 먹고 실수하지 말고."

김창식은 고개를 끄덕였다.

"수현!"

"잭?"

"잘 지냈나? 당연히 잘 지냈겠지. 드래곤 사냥하는 건 잘 봤다고."

"그거야 알겠는데…… 네 뒤에 서 있는 사람들은 뭐지?"

잭 뒤에 일렬로 따라다니는 사람들이 있었다. 인종, 성별, 나이까지 공통점이라고는 없는 이들이었다. 딱 하나 공통점이 있다면 전원이 초능력자라는 것이었다. 수현은 읽어낼 수 있었다.

"아, 내가 아는 초능력자들인데. 잘됐다 싶어서 데려왔지."

"……?"

"여기 있는 애송이들이 자네나 김창식 정도 되는 초능력자를 볼일이 흔하겠어? 그렇다고 다른 자리에서 만날 기회도 없잖아. 이런 기회가 흔하지는 않지."

뒤에 선 초능력자들이 선망에 가득 찬 눈빛을 보냈다. 반짝반짝한 눈빛들. 수현에게는 익숙한 눈빛이었지만 김창식의 얼굴은 창백하게 질렸다.

'도와주세요!'

"뭐, 힘내라."

수현은 매정하게 김창식의 어깨를 두드리고 지나갔다.

"인간들의 결혼식은 신기한데?"

"엘프들은 어떻게 하지?"

"기본적으로 친척들이 모이긴 해. 그런데 이 정도 규모로 모이지는 않아."

"우리도 보통 이렇게 하지는 않지."

수현은 루이릴과 떠들며 김창식을 쳐다보았다. 김창식은 경지에 오른 연기로 초능력자들을 속여 넘기려 하고 있었다. 아티팩트가 있다지만 정말 대단한 연기 솜씨였다.

"잔치를 벌이고, 각자 친척들에서 가장 나이 많은 사람이 와서 축복을 해주고. 아, 맞아! 손님으로 올 때는 비싼 선물 들고 오는 게 전통이야! 아티팩트 같은 거!"

"마지막은 네가 지금 생각한 거지?"

"……응."

"지금 갖고 있는 아티팩트나 잘 관리해라. 그 아티팩트 빌딩만 털면 인생 역전이라는 소리 나오던데."

"그걸 누가 노리겠어?"

"겁 없는 놈이?"

"겁 없어도 머리는 있을 테니까. 절대 못 노릴걸."

루이릴은 확신이 있었다. 엘프의 속담에 '드래곤의 둥지에 가서 보물을 훔치려는 사람'이라는 말이 있었다. 그만큼 말도 안 된다는 뜻이었다.

그리고 수현은 드래곤을 쓰러뜨렸다. 이 빌딩을 털 만큼 머리가 굴러가고 능력이 있는 사람이라면 이 빌딩 뒤에 누가 있는지 모를 리 없었다.

그야말로 안전의 보증 수표!

"그래?"

수현은 별생각 없이 고개를 끄덕였다. 어차피 아티팩트 룸에 있는 아티팩트들은 그가 루이릴에게 준 것이었고, 거기를 통째로 잃어버린다고 해도 수현은 별 상관이 없었다.

오히려 지금 갖고 있는 아티팩트도 관리하기 골치 아플 지경이었다. 인공 아티팩트에 갈아 넣는 것도 한계가 있었다. 아티팩트를 모아서 보낸다고 뚝딱 만들어지는 게 아닌 것이다.

'언제 한번 처리를 해야 하는데…….'

아티팩트 하나하나에 허덕이는 다른 사람들이 들었으면 뒷목을 잡았을 생각을 하며 수현은 김창식을 쳐다보았다.

"오오오……!"

"역시 김창식 님! 대단합니다!"

"어떻게 하면 그런 초능력을 가질 수 있습니까?"

모인 초능력자들은 김창식을 너무 존경하고 있는 나머지 그가 가짜 초능력을 쓰고 있다고는 전혀 의심하지 않고 있는 모양이었다.

"크흠…… 꾸준한 수련과 노력이 필요하지."

"오오!"

"저것 봐! 땀 한 방울 안 흘리셔!"

저 정도 초능력을 유지하면서 태연하게 말까지 하는 김창식의 모습에 초능력자들은 다시 한번 감탄했다.

"……!"

"어어! 조심해!"

지나가던 직원 중 한 명이 발을 헛디뎠는지, 비틀거리며 앞으로 몸을 휘청거렸다. 김창식이 화염을 자유자재로 다루던 바로 그곳을 향해.

"으아악…… 어?"

"이, 이런……."

김창식은 당황한 표정으로 수현을 쳐다보았다. 화염 속에 몸을 던졌는데도 직원의 모습은 멀쩡했던 것이다. 그걸 보던 초능력자 중 한 명이 입을 열었다.

"대, 대……."

"대?"

"대단해!"

"……?"

"그 순간에 힘을 거두다니!"

"……."

수현은 고개를 절레절레 흔들었다. 저 정도면 중증이었다. 저걸 보니 이제 김창식이 대놓고 가짜 화염을 휘둘러도 사람들이 알아서 해석해 줄 것 같았다.

"이렇게 많이 모일 이유가 있어?"

"촌스럽기는, 인간들은 원래 이렇게 결혼식을 한다고."

샤이나는 얼굴을 찡그리며 루이릴을 노려보았다. 루이릴은 언제나 인간 사회에 대해 많이 아는 것으로 그녀를 비웃을 때가 많았던 것이다.

"너한테 안 물어봤거든?"

"모르는 걸 알려줬으면 고마워해야지?"

옆에서 지나가던 수현이 둘을 쳐다보았다.

"둘이 친해진 건가?"

"그럴 리가!"

"눈 삐었어?!"

"사실 나도 그렇게 생각하고 있었어. 그냥 해본 소리야. 인간들 결혼식도 원래 이 정도까지는 아니니까, 루이릴 너는 허풍 좀 그만 떨고."

"내, 내가 무슨 허풍을……."

"네가 인간들 결혼식에 참석을 언제 해봤다고 그래."

"참석한 적 있거든?!"

"도둑으로?"

"……응."

"됐고, 얌전히 있어. 둘 다 싸우지 말고. 김창식은 오늘 충분히 시달렸으니까 너희들까지 문제 안 만들어도 돼. 더 문제 생겼다가는 울게 생겼다."

"……."

둘은 조용히 입을 다물었다.

"그리고 샤이나, 저번에 말했던 거 생각해 봤어?"

"어, 아직……."

"생각나는 거 없으면 나중에 말해도 되니까 너무 깊게 고민하지는 말고."

"응, 알겠어."

수현이 떠나자 루이릴은 샤이나를 쳐다보았다.

이게 무슨 소리?

"방금 뭐였지?"

"뭐가?"

"둘이 뭔가 있었는데."

"별거 아니었어."

"야, 이러기야?! 내가 아티팩트 룸도 구경시켜 줬는데?!"

샤이나가 고개를 돌리자 루이릴은 애가 탔다.

"그렇게 따지면 난 너 집에도 초대했어."

"집에 언제 초대했다고 그래?!"

"안 쫓아냈으면 초대지."

"게다가 그 집 생긴 것도 꼭……."

"꼭 뭐?"

"……아무것도 아니야! 엄청 괜찮았다는 거지."

저택을 칭찬하자 샤이나의 귀가 살짝 흔들렸다. 틈새를 본 루이릴이 더욱더 칭찬을 하기 시작했다.

"정말 괜찮았다니까? 너도 내가 눈 높은 건 알잖아? 엘프들이 어떤 곳에서 사는 것도 알고. 그런데 네 저택은 정말……."

양심이 찔렸지만 루이릴은 목적을 위해서라면 뭐든지 할

수 있는 엘프였다. 샤이나는 어깨를 으쓱거리더니 결국 입을 열었다.

"별거 아니야. 저번에 네가 아티팩트 룸을 받았었잖아?"

"그랬지?"

수현은 약속을 지켰다. 루이릴에게 가져간 만큼, 아니, 가져간 것보다 몇 배는 많은 아티팩트를 루이릴에게 떠넘긴 것이다.

물론 수현은 재고 처리를 위해 루이릴에게 준 것이었지만 받는 루이릴 입장에서는 눈물을 흘릴 정도로 기쁜 일이었다.

"그래서 루이릴만 선물 주는 거냐고 물었더니 원하는 거 있으면 말하라고 하더라고. 그래서 생각해 보겠다고 했어."

"......?"

별게 아니라면 별게 아니긴 한데, 루이릴은 뭔가 불길해지는 느낌이었다.

"그래서 뭘 생각했는데? 아티팩트?"

"내가 너야? 아냐."

"광산?"

"아니라니까."

"생각을 안 했어?"

"하긴 했는데……."

"뭔데?"

"어…… 자식?"

"풉!"

루이릴은 마시고 있던 음료를 뿜어냈다.

"보기 좋네."

"진심으로 하는 소리야?"

"그러면?"

최지은은 어이없다는 듯이 수현을 쳐다보았다.

"아니, 나는 네가 왜 이런 걸 하냐고 투덜거릴 줄 알았는데."

"……."

"실제로 과거에 네가 그러기도 했고."

"걔랑 나랑은 다르거든?"

"동일인이지만, 뭐 어쨌든 알겠어. 그리고 보니 과거와 달라진다고 하니 생각난 건데……."

수현은 붉은 돼지 버섯에 대해서 최지은에게 말했다. 회장이 알아낸 걸 그녀는 흥미롭게 들었다.

"신기하네. 네가 몰랐던 거라고?"

"적어도 내가 들었던 적이 없는 사실인 건 확실해."

"음. 먼저, 네가 무언가를 해서 원래라면 발표되었을 사실이 발표되지 않고, 원래라면 묻혔을 사실이 발표되었을 가능성이 있겠지. 그리고……."

"그리고?"

"시간을 돌렸을 때 무언가가 달라졌을 수도 있고."

"뭐?"

"나는 아직 시간을 다루는 능력에 대해서 정확히 확신을 하지 못하겠어. 그게 시간을 그냥 돌리는 건지, 돌렸을 때 세계가 원래 그 세계였던 건지……."

수현은 최지은의 말을 듣고 생각에 잠겼다. 이런 관점은 그가 생각해 본 적이 없던 관점이었다.

"시간을 돌릴 때마다 세계가 조금씩 달라질 수 있다고?"

"평행 우주라는 관점이 있는데, 지금 이러고 있는 우주가 하나가 아닌 수십 개가 더 있을 수 있다는 관점이야. 시간을 돌렸을 때 원래 세계가 아닌 다른 우주로 갈 수도 있다는……."

"그냥 결말만 요약해 주면 안 될까?"

"……시간 함부로 앞으로 돌리지 말라고, 혹시 모르니까."

"드래곤 정도 되는 몬스터한테 기습당하는 정도의 일이 아니라면 돌릴 일 없으니까 걱정하지 마."

시간을 통째로 돌리는 건 수현으로서도 어지간하면 할 일이 없는 일이었다.

"있잖아. 드래곤이 왜 시간을 못 다뤘는지 생각해 봤거든?"

"음?"

"생각해 봐. 드래곤은 우리가 아는 거의 대부분의 초능력을 쓸 수 있었잖아."

"……그렇지?"

"그런데 시간만은 다룰 수가 없었고."

"그것도 그러네."

수현은 고개를 끄덕였다.

"예전에 초능력이 어떤 식으로 결정되는지 여러 가설이 있었거든? 그중 하나가 사람의 욕망이었어. 그 사람이 가진 가장 근원적인 욕망이 각성하는 초능력과 상관이 있다는 건데……."

"여러 개의 초능력을 쓸 수 있는 건?"

"각성 이후에 힘을 어떻게 쓰는지 배운 상태니까 그건 다르겠지. 어쨌든 욕망과 상관이 있다는 게 맞다면, 드래곤이 다른 모든 초능력은 쓸 수 있어도 시간을 다루지 못한 게 그것 때문은 아닐까 싶어서. 드래곤은 시간과 전혀 상관이 없는 존재잖아?"

늙지도 않고 그대로 고정되어서 살아가는 드래곤은 시간축 밖으로 튕겨 나간 것이나 다름없었다.

"재밌네."

"지나간 걸 후회하고, 다시 한번 반복하고 싶어 하고……
다 사람이니까 할 수 있는 거겠지. 그렇지 않아?"

수현은 김창식을 쳐다보았다. 아주 행복해 죽으려고 하는
얼굴이었다. 마리아에게 키스하는 김창식에게서 시선을 떼
고, 수현은 물었다.

"아, 무슨 소리인지 알겠다."

"……?"

"드래곤이 되지 않은 내 선택이 잘한 선택이었다고 말하고
싶었던 거지?"

"……맞긴 맞는데, 그걸 그렇게 말하니까 확 감동이 줄어
드네."

그리고 잘한 선택이 아니라 고맙다고 말하고 싶었다. 수현
에게 강해진다는 게 어떤 의미인지 알고 있었으니까. 그만큼
강함에 집착하는 사람도 드물었다. 그런데 드래곤이 되지 않
고 남은 것이다.

최지은은 한심하다는 듯이 수현을 쳐다보았다. 감사를 말
하려고 해도 이렇게 분위기를 깨다니.

"감동이라, 그래. 지금이 좋은 기회 같네. 감동스러운 말
을 좀 해도 될까?"

"네가 해봤자 뭘 하겠냐 싶지만, 말해봐."

수현은 최지은의 손을 잡고 눈을 쳐다보았다.

"돌아오기 전에, 우리 사이는 좀 애매했지. 같이 자고 같이 떠들기는 했지만 그 이상은 아니었어. 나는 언제 죽을지 몰랐고, 그 사실이 좀 버거웠었거든. 사실 지금 생각해 보니 그 능력으로 용케 그런 짓을 하고 다녔다고 생각해. 너도 괜찮다고 말했고 그 이상의 사이를 원하지 않았지만. 그건 네가 나를 배려해 준 거겠지."

"……."

"이제 나는 과거와는 전혀 달라. 언제 죽을지 걱정할 필요도 없고, 거대한 조직 안에서 소모품으로 쓰일 걱정은 더더욱 할 필요가 없지."

오히려 그 조직을 손에 넣은 상태였다.

"그래서 말하고 싶어. 과거와는 다르게 관계를 더 나아가고 싶다고."

"수현……."

최지은은 당황한 목소리로 중얼거렸다. 설마 수현이 이런 말을 할 거라고는 생각지도 못했던 것이다.

"내가 너한테 들었던 말 중에서 가장 감동적인 말……."

"말 끊어서 미안한데. 감동은 내가 말을 다 하고 나서 그때도 감동적이면 받아줄래?"

"……뭔데?"

최지은은 불안해지는 걸 느꼈다.

"내가 너를 정말 소중히 여기지만, 동시에 내가 시간을 돌리고 나서 새로 생긴 사람들이 있어. 이야기를 해봤는데……."

루이릴 같은 경우에는 벌써 수현에게 직접적으로 마음을 고백한 지 오래였다.

"그냥 거절하고 책임을 안 질 수는 없겠더라고."

"그래서?"

"그래서 몇 명하고 더 관계를 맺겠다는 건…… 어차피 나 때려봤자 별 의미 없는 거 알지? 네 손만 아플 거야."

"그래, 그렇겠지! 그 엘프지?!"

"어떻게 알았지? 맞아."

"또 누구야? 문서연?"

"걔…… 도 아마 그럴 거 같은데."

"이제 더 없고? 끝이야?"

"아마 다크 엘프도?"

최지은은 깊게 한숨을 내쉬었다.

"그중에서 누가 첫 번째인지 물어도 돼?"

"물론 너지."

이건 진심이었다. 과거부터 해서 수현이 알고 있는 모든 걸 같이 알고서 함께 한 동반자. 수현과 함께한 시간도 가장 길었다. 삶을 두 번이나 함께한 것이나 다름없었으니까.

물론 다른 사람들은 별 상관이 없다는 말을 미리 한 상태
기는 했다.

"나는 네가 결혼식을 다른 인간이랑 해도 별로 상관 안 해. 꼭 결혼
식 올려야 하는 것도 아니고. 그런데 그 상대 인간은 좀 신경 쓰이겠
다. 잠깐, 말 안 하고 할 건 아니지? 아무리 나라도 그건 좀......."

"결혼 말입니까? 저는 안 해도 상관없는데 말입니다. 신경이 안
쓰이냐고요? 어차피 계속 같이 일할 텐데 차이가 있습니까?"

"너 다른 사람들한테 미리 물어봤지?"

"......독심술 배웠어?"

"예전에 말했던 걸 들은 적이 있었지. 그때는 설마 했는
데......"

최지은은 다시 한번 한숨을 쉬고 수현을 쳐다봤다. 그때
미리 눈치를 챘어야 했는데. 어쩌다 이런 사람을 사랑하게
됐는지......

수현은 대답을 기다리는 표정을 하고 있었다. 최지은은 수
현의 얼굴을 붙잡고 깊게 키스했다.

"......!"

"팀장님, 제 결혼식이거든요?!"

주변에서 휘파람 소리가 들리고, 김창식의 어이없어하는

목소리가 들려왔다.

수현은 최지은을 쳐다보았다. 눈을 감고 있었다.

"이게 대답이야. 됐어?"

"그래, 넘치도록."

이번에는 수현이 최지은을 붙잡았다. 몇 초 정도 지나자 최지은이 숨을 헐떡이며 수현을 쳐다보았다.

"너, 너……."

"몇 번이나 말했지만, 나는 처음이 아니라니깐."

The end